Impressum:

Deutsche Originalausgabe

Alle Rechte vorbehalten

Herstellung und Verlag:
BoD - Books on Demand, Norderstedt
www.bod.de

Copyright (Bild/Text): Sara Palmer
ISBN: 978 3 - 741 - 279 - 263
Nationaler und Internationaler Vertrieb:
Books on Demand GmbH

Deutsche Erstauflage: Oktober 2016

Sara Palmer

Albtraum der Knaben

Kriminalroman

Inspiriert nach einer wahren Begebenheit

Vorwort zum Roman

„Albtraum der Knaben" ist eine Geschichte, die sich in ähnlicher Art und Weise zwischen 1998 - und 2016 zugetragen hat.

Die Taten ereigneten sich vorwiegend in Augsburg und Hannover, wo der Täter auch seine Wohnsitze hatte. Der Prozess fand in Augsburg vor dem Landgericht statt. Im März 2016 wurde dort auch das Urteil verkündet.

Trotz einiger Gemeinsamkeiten mit der wahren Geschichte, ist der Roman – in Teilen – natürlich fiktiv. Die Namen und manche Schauplätze wurden zum Schutz der Anonymität geändert. Einige Personen und Schulen, die in der Geschichte erwähnt werden, gibt es – und gab es – nicht.

Zur Autorin:

„Sara Palmer" ist ein Pseudonym.

Weitere Bücher und geplante Neuerscheinungen von ihr, sind am Ende des Buches aufgeführt.

TEIL 1

Sonderbare Begegnungen

Augsburg, Sommerferien 2008

Als Felix – mein zehnjähriger Sohn – mir eine sonderbare Frage stellte, als wir gerade aus Nürnberg zurückkehrten, dachte ich mir nichts dabei. Noch nicht.

Aber bevor ich Ihnen seine Frage mitteile, sollten Sie wissen, dass wir auf einem Ausflug in der fränkischen Metropole waren. Harry – mein Lebensgefährte – hatte Felix bei seinem zehnten Geburtstag versprochen, mit ihm in den Tierpark nach Nürnberg zu fahren. Acht Wochen waren seitdem vergangen, und endlich hatten wir alle vier Zeit gemeinsam dort hinzufahren. Wir „vier", das sind: Patrick, mein dreizehnjähriger Sohn aus meiner ersten nennenswerten Liaison, die bereits erwähnten Felix und Harry, sowie ich, die Mutter der beiden Jungs, Sara.

Zu mir: Ich war – im Jahr 2008 – einunddreißig Jahre alt. Zehn Jahre zuvor, wurde ich zum zweiten Mal ungewollt schwanger. Meine damalige Affäre – mehr war es leider nicht – hatte mich, nachdem ich „ihn" mit dem Schwangerschaftstest konfrontierte, verlassen. „Verlassen" ist vielleicht etwas übertrieben, denn eigentlich waren wir nie richtig zusammen. Wir hatten uns wenige Monate zuvor, in einer Discothek in Augsburg-Lechhausen erstmals gesehen. Oliver hatte das gewisse „Etwas", das mich sofort schwach werden ließ. Hochgewachsen, fast eins neunzig, leicht gebräunte Haut, dunkles volles Jahr, und einen muskulösen Körper, der mich sofort anmachte. Bis zu diesem Zeitpunkt gab es noch nie einen One-Night-Stand bei mir. Aber einmal ist immer das erste Mal, warum nicht bei so einem knackigen Bürschchen? Ich war gerade erst Anfang zwanzig – mit wenig Erfahrung – und Oliver schon neunundzwanzig. Ich dachte, vielleicht hätte er mehr Reife und Erfahrung als Gleichaltrige. Fehlanzeige! Vor ihm, gab es bei mir nur einen Mann, Patricks Vater. Eigentlich Junge, denn Andreas – mein „Erster" – war damals genauso alt wie ich. Und mit siebzehn, sind die Jungs doch noch ziemlich unreif, und wenn ich ehrlich bin, auch voll daneben, vor allem was ihren geistigen Horizont betrifft. Und ausgerechnet von dieser Pflaume, ließ ich mich zum ersten Mal schwängern. Und so wurde Patrick gezeugt, aber seinen Milchbubi-Vater schickte ich lieber in die Wüste, weil er dauernd mit seinen Kumpels anderen Rockzipfeln hinterherlief. Meine drei besten Freundinnen, erzählten mir damals ähnliches bei ihren ersten Liebeserfahrungen. Nur Pleiten, Pech und Pannen, bei den triebgesteuerten Idioten.

So ist nur deshalb der Name Andreas in meinem Gedächtnis geblieben, weil er mich geschwängert und auch entjungfert hat, sonst hätte ich ihn bestimmt schon längst vergessen. Unterhalt zahlte er nie, weil er nicht konnte. Nur mit Hilfe meiner Eltern, kam ich einigermaßen über die Runden. Und als Patrick gerade zwei Jahre alt war, besuchte mich die Polizei. Zuerst dachte ich, der Erzeuger meines Sohnes hätte Landflucht begangen, aber es war noch tragischer: Andreas war mit seinem frisierten VW Golf, gegen einen Brückenpfeiler gedonnert! Er war, laut Aussage der Polizei, anscheinend sofort tot. Nehmen Sie`s mir bitte nicht übel, aber ich habe keine einzige Träne vergossen, sondern nur bedauert, dass er keine Lebensversicherung hatte, von dem ich und Patrick hätten profitieren können.

Dann kam wie erwähnt, Oliver. Oli ist bestimmt anders, dachte ich anfänglich. Er war bei der Bundeswehr in Landsberg stationiert, und hatte sich für acht Jahre als Zeitsoldat verpflichtet. Landsberg liegt ungefähr 45 Kilometer von Augsburg entfernt. Da Augsburg aber bestimmt achtmal so groß ist und viel mehr Nachtleben zu bieten hat, fuhr er häufig allein oder mit einigen Kameraden, zu „Streifzügen" in das quirlige Augsburger Nachtleben. Und bei einem seiner „Streifzüge", lernten wir uns schließlich kennen. Leider!

Zum damaligen Zeitpunkt war er bereits Feldwebel. Richtig schnittig sah er aus in seiner Uniform, besser als Tom Cruise in „Top Gun", und mindestens einen Kopf größer. Der „Typ Mann", der den meisten Frauen schnell mal den Kopf verdrehte, so auch mir. Aber eigentlich wollte er nur Eines, wie viele andere Männer auch in seinem Alter: BUMSEN!

So oft und viel wie möglich, zu jedem Zeitpunkt, an jedem Ort, zu Wasser, Lande und weiß Gott wo. Seine Potenz war außerordentlich gut. Oft wurde es mir sogar zu viel, und ich war froh, wenn er mal für ein paar Tage auf einem Manöver oder Lehrgang verschwand. Damals dachte ich noch, er wäre nicht nur an meiner Vagina interessiert, sondern auch an mir als Person. Aber ich war nur ein Auffangbecken seiner Ergüsse, er hat mich bestimmt nie richtig geliebt. Es kam, wie es kommen musste: Nachdem er wieder einmal eine Ladung in meinen Unterleib gespritzt hatte, blieb meine Periode aus, und ich ging – leicht verspätet – zum Frauenarzt. Dort bekam ich die Gewissheit: Schwanger im dritten Monat! Es war nicht sein letzter Schuss, sondern einer der ersten gewesen. Warum bestand ich nicht auf ein Kondom, und ließ mich überreden, es ohne zu tun? Sicher, ich hätte mir auch die Pille verschreiben lassen können, aber ich verließ mich auf meinen Kalender und kreuzte die fruchtbaren Tage akribisch an. Wenn mich Oliver an diesen Tagen „nehmen wollte", konnte ich ihn dazu überreden, es ihm mit meinen flinken Händen zu besorgen. Mit dem Mund war mir damals wirklich noch zu ekelig.

Vier Tage später – nachdem ich Oli das Ergebnis schonend präsentierte – habe ich, zwei Stunden nach Verkündung der Nachricht, nie wieder was von ihm gesehen und gehört. Vermutlich war er auf sowas vorbereitet. Die Stimme seines Mobiltelefons spulte immer wieder die gleiche Leier ab, nämlich „dass der Teilnehmer zurzeit nicht erreichbar sei", und das unentwegt. Auf meine vielen SMS kamen keinerlei Reaktionen mehr. Als ich in der Artillerie-Kaserne in Landsberg anrief, wurde mir mitgeteilt, dass dort kein Soldat mit diesem Namen existiere. Ich schlug das Telefonbuch und die Gelben Seiten auf, rief alle Kasernen an, die dort verzeichnet waren, von Füssen bis nach Mittenwald. Aber nirgends, gab es dort einen Zeitsoldat mit dem Namen „Oliver Bläuel". Das Schwein hatte mich hemmungslos angelogen, und ich doofe Kuh war darauf hereingefallen, wie viele naive Mädchen im Teenageralter. Alles Weitere kennen sie ja. Felix kam gesund und munter, sechs Monate später auf die Welt. Wenigstens hatte mir der charakterlose Idiot, einen kerngesunden, schönen Jungen geschenkt, den ich nicht mehr missen möchte. Und jetzt daheim in Augsburg – zehn Jahre später – stellte mir mein Sohn Felix, die sonderbare, fast beängstigende Frage: „Mama, mir tut mein Popo weh! Möchtest du ihn mal anschauen?"

Meine Schweißporen öffneten sich, und ich ahnte furchtbares. Denn wir nahmen uns in Nürnberg zwei Zimmer: Ich und mein älterer Sohn Patrick, sowie Harry und Felix das andere Hotelzimmer.

TEIL 2

Als es begann

Hannover, 30. September 1998

„Mami, kann ich noch im Hof unten spielen?", fragte der sechsjährige Jonas seine Mutter, als sie langsam den Tisch für das Abendbrot deckte.

„Aber du kommst sofort, wenn ich aus dem Fenster schreie. Hast du verstanden? In einer halben Stunde kommt dein Vater aus der Werkstatt, dann sitzt du hier am Küchentisch." Energisch stemmte die junge Frau beide Hände in die breiten Hüften.

„Versprochen, Mami."

Dann sprang der Kleine aus dem Zimmer. Es war Ende September, und Jonas war seit knapp einem Monat in der 1. Klasse der Wittelsbach-Schule. Es war ein herrlicher Herbsttag mit Temperaturen um die fünfundzwanzig Grad, und das noch am späten Nachmittag. Gerlinde Koschwitz war froh, dass der Junge endlich in der Schule war. Mit ihrem Mann Peter hatte sie besprochen, nach seiner Einschulung wieder als Teilzeitkraft bei der Drogeriemarktkette Rossmann anzufangen. Vor Jonas Geburt, hatte sie dort schon zehn Jahre lang als Verkäuferin gearbeitet, zuletzt als stellvertretende Filialleiterin.

Als Jonas zwei Minuten später im Hinterhof ankam, wunderte er sich, dass Holger und Ralf nicht da waren, seine beiden besten Freunde. Gewöhnlich trafen sie sich fast jeden Tag, sofern es nicht regnete. Holger war bereits in der zweiten Klasse, und Ralf war – wie er – in der gleichen Klasse der Wittelsbach-Schule.

Aber noch viel verwunderlicher als ihre Abwesenheit, war dass, was er auf der kleinen Schaukel sah: Einen Mann! Jonas konnte sein Alter nicht genau bestimmen, aber auf jeden Fall viel älter als er, und bestimmt zwei Köpfe größer. Vielleicht zwanzig oder dreißig? Oder sahen etwa so, schon vierzigjährige aus? Das konnte nicht sein. Papi wurde doch erst vierzig, hatte ihm Mami kürzlich erzählt, damit er auch wisse, wie alt seine Eltern waren. Und Papi sah doch schon deutlich älter aus, als der jugendlich wirkende Typ auf der Schaukel.

„Na, Kleiner. Ist das dein Lieblingsspielplatz?", fragte der dunkelhaarige Typ, und stoppte die Schaukel mit seinen langen Beinen. Vage erinnerte sich Jonas an dass, was ihm seine Mutter schon häufig gesagt hatte: Ignoriere fremde Männer, vor allem die, die du nicht kennst! Aber bevor er genauer über diesen Satz nachdachte, warf ihm der Fremde schon einen Schokoriegel zu, den er aus der Brusttasche gezogen hatte. Vor Überraschung, rutschte ihm der Riegel durch die Hände und fiel auf den Rasen. Jonas bückte sich und hob ihn auf.

„Duplo! Magst du doch bestimmt, oder?", fragte der Mann.

Jonas betrachtete ihn, und dachte sich, dass von ihm wohl bestimmt keine Gefahr ausgehen würde, zumal auch bald seine Freunde eintreffen mussten.

„Ja", antwortete er schüchtern. Irgendwie sah der Mann aus, wie einer seiner Lehrer, den er die letzten Wochen zu Gesicht bekommen hatte. Und Lehrer waren ja gute Menschen, warum dann dieser Mann nicht auch?

„Wie heißt du?", fragte der Mann und kam langsam auf ihn zu.

„Jonas", antwortete der Kleine, und öffnete dabei die Verpackung des Schokoriegels.

„Wie alt bist du, Jonas?"

„Sechs, aber ich werde bald sieben", antwortete der Junge kauend.

„Möchtest du noch mehr Riegel? Oder vielleicht ein paar Gummibärchen? Ich hab vorher eine ganze Tüte davon gekauft." Der Mann stand jetzt direkt vor ihm und sah ihn grinsend an.

Warum nicht? dachte sich Jonas. Mami sagte zwar immer, dass zu viel Süßes, schlechte Zähne gibt, aber seine Mutter wollte ja nur, dass er „ihr" Essen aß. Und das schmeckte ja auch nicht immer. Und wenn`s nicht schmeckt, konnte es ja auch nicht so gut sein, oder? Außerdem konnte er ja seinen Freunden später einen Teil davon schenken. Deshalb nickte er nur.

„Gut, dann komm schnell mit. Mein Auto steht vorne auf der Straßenseite, in der Nähe eures Türeingangs."

Erst jetzt sah Jonas, dass der Fremde ein Käppi trug, mit „Uncle Sam"- Aufdruck. Er kannte den Namen und Schriftzug, weil es bei seinem Vater fast genauso auf einem T-Shirt stand.

„Ich muss aber gleich zum Abendessen. Und wenn Mami aus dem Fenster ruft und ich nicht da bin, muss ich früher ins Bett gehen."

„Jonas, du bist in zwei Minuten wieder da. Ich muss selber gleich fahren, und außerdem hören wir auf der anderen Seite auch, falls deine Mutter dich ruft."

Was natürlich nicht stimmte.

Aber die Verlockung für den Kleinen war einfach zu groß, und Jonas trabte hinter dem Mann her. Als sie durch den Hinterhof zur Straßenseite liefen, kam ihnen Frau Timmermann entgegen. Jonas kannte die alte Frau, weil sie sich schon zweimal beschwert hatte bei seiner Mutter, weil er angeblich zu laut mit seinen Freunden war. Eine bösartige Frau, fand er. Sie sah ihn nur kurz an, und würdigte auch dem Fremden keinen Blick. Jonas sah nicht, dass sich der Mann die Schirmmütze noch tiefer ins Gesicht zog und etwas schneller ging. Allerdings lief der Fremde nicht vor zum Haupteingang, sondern in eine kleine Seitengasse, die in eine Einbahnstraße mündete.

„Wir sind schon da, Jonas", sagte der Fremde und nahm ihn an der Hand. „Siehst du den weißen BMW? Dort hab ich den ganzen Kofferraum voll, mit lauter leckeren Sachen. Ich schenk dir auch noch fünf Mark."

Jonas ließ sich an der Hand führen, und wunderte sich über

gar nichts mehr. Dieser Mann meinte es gut mit ihm, er sah auch sehr vertrauenerweckend aus, mit seinen rehbraunen Augen und der kleinen Nase. Manche Leute mögen halt gerne kleine Kinder, so wie seine Oma und Opa, von denen er auch ständig was bekam. Auch letzte Woche in der Metzgerei, bekam er ein knackiges Würstchen, als er mit seiner Mutter beim Einkaufen war. Und diesen Mann hinter der Wurst-Theke, hatte er damals auch zum ersten Mal gesehen.

Dann standen sie vor dem schneeweißen BMW, dahinter stand nur noch ein kleiner roter VW Polo. Der Mann öffnete den Kofferraum und holte eine zerknüllte Plastiktüte hervor. Der kleine Jonas sah ehrfürchtig auf die Tüte, und konnte es kaum noch erwarten, die vielen Süßigkeiten in den Händen zu halten. Mann, würden Ralf und Holger vielleicht Augen machen. Der Mann mit der Mütze, griff mit der rechten Hand in den Beutel und zog was daraus hervor. Aber Jonas erkannte sofort, dass das keine Süßigkeiten waren. Das sah irgendwie total anders aus. Vielleicht ein neues Spielzeug? Dann ging alles auf einmal blitzschnell. Der Mann presste seine Hand mit einem Tuch, auf den Mund des Jungen. Bevor Jonas schreien konnte, wurde bereits alles dunkel um ihn. Keine fünf Sekunden zappelte er noch, dann hing er schlaff wie ein Sack Kartoffeln, in den Armen des Mannes. Der Mützen-Mann sah sich kurz um, hob den Jungen hoch, schmiss ihn in den Kofferraum und fuhr unbemerkt davon.

Augsburg 2008, nach dem Vorfall in Nürnberg

Haben Sie schon einmal die Genitalien, Ihres zehnjährigen Sohnes, genauer unter die Lupe genommen? Zuletzt tat ich das, als Felix gerade sechs geworden war. Meinen ersten Verdacht verwarf ich wieder. Es war unmöglich, dass Harry sich Felix genähert hatte. Erstens war er nicht schwul und zweitens kein Pädophiler. Eher ein warmherziger Typ, immer wie ein Vater zu Felix, und außerdem noch Arzt. Kinderarzt nämlich, im Augsburger Krankenhaus.

Dort tat er alles Menschenmögliche, um Kindern ein besseres und gesunderes Leben zu ermöglichen. Dazu schob er sogar jede Menge Überstunden. Oft wenn wir am Wochenende was vorhatten, musste er für einen Kollegen einspringen oder er hatte einen Notfall. Nicht nur, dass die Kinder einen Unfall oder womöglich eine Krankheit hatten, oft wurden sie sogar von ihren eigenen Eltern geschlagen, gequält und missbraucht. Besonders schlimme Fälle haben ihn auch schon in seinen Träumen verfolgt. Manchmal wachte er schweißgebadet auf, und zitterte dann minutenlang wie Espenlaub. Eigentlich war er für diesen Job viel zu zartbesaitet und sensibel. Es wirkte sich sogar auf unser Liebosloben aus. Ich erzähle es ungern, es ist mir sogar fast peinlich, aber Harry hatte – fast immer – Erektionsprobleme. Auch bei jüngeren Männern ist das heutzutage nichts Ungewöhnliches, vor allem, wenn sie ständig unter Stress und Strom stehen. Es gab zwar seit geraumer Zeit „Viagra", aber Harry verweigerte beharrlich diese blauen Pillen, er sagte, die Nebenwirkungen könnten sogar zu Leberschäden, Herzinfarkt oder womöglich Krebs führen. Er musste es ja wissen, schließlich war er Mediziner. Ich sah es deshalb als meine Pflicht an, ihn über die Entzündung von Felix zu informieren.

Er schob bei seiner Visite, die Pobacken des Jungen auseinander, und tastete dann mit Latexhandschuhen an der Öffnung seines Hinterns.

„Eindeutig eine kleine, aber harmlose Entzündung. Kein Grund sich Sorgen zu machen, Sara", sagte er und strich Felix eine Salbe auf die entzündete Stelle. „In ein - bis zwei Tagen ist es wieder verheilt. Wie fühlst du dich, Felix?"

„Schon, okay", antwortete Felix, dem die Sache sichtlich peinlich war. Ich musste ihn vorher fast stundenlang überreden, dass er sich von Harry inspizieren ließ. Hätte er es verweigert, wäre ich mit ihm natürlich zu einem anderen Arzt gegangen, und hätte meinem Partner nichts davon erzählt.

„Woher kommt diese Entzündung, Harry?", fragte ich.

„Da gibt's verschiedene Möglichkeiten", erwiderte er. „Es könnte vom Stoff seiner Schlafanzughose gekommen sein. Oder, vielleicht sogar von der Toilette des Hotelzimmers. Dort reicht oft schon eine mäßige Reinigung aus, dass man sich sowas einfängt. Vielleicht waren auch Milben im Bettbezug. Die Bakterien und Keime sind heutzutage fast überall zu finden. Was glaubst du, wie höllisch wir im Krankenhaus bei diesen Keimen aufpassen müssen? Allein im Jahr 2007, gab es fast zweihundertsiebzigtausend Fälle von Infektionen in den deutschen Krankenhäusern. Gott sei Dank, gab's bei uns im Krankenhaus noch keinen solchen Fall. Zumindest seit ich dort arbeite." Dann zog er seine Latexhandschuhe wieder aus und schmiss sie weg.

Ich gab mich mit dieser Antwort zufrieden, da sie mir plausibel erschien. Zumindest einigermaßen, schließlich bin ich keine Expertin auf diesem Gebiet. Eines jedoch hatte ich Harry verschwiegen; Felix zeigte es mir kurz nach seiner Frage, und bestand darauf, dass ich es auf keinen Fall erwähnte. Mein Sohn hatte nämlich noch eine zweite Verletzung, und das konnte definitiv von keiner Entzündung stammen: Er hatte am Penis, eine ca. ein Zentimeter lange Schürfwunde, als ob er sich dort mit dem Nagel aufgerissen hätte. Ich sprühte nur ein Desinfektionsspray darauf und klebte ein Pflaster darüber. Auch dafür musste es eine schlüssige Erklärung geben. Harry konnte es nicht gewesen sein, das beteuerte Felix mehrfach. Also hakte ich die Sache ziemlich schnell wieder ab. Vielleicht hatte mein Sohn selbst zu hart „Hand angelegt", um seinen jungen Körper zu testen? Kinder kommen oft auf die verrücktesten Ideen, die Erwachsene nur schwer nachvollziehen können.

TEIL 3

Erste Ermittlungen

Hannover, 1. Oktober 1998

„Frau Koschwitz, ist Ihnen in den letzten Wochen oder Monaten, ein Mann hier in unmittelbarer Umgebung aufgefallen, der Ihnen irgendwie merkwürdig vorkam?", fragte Kommissar Luck und sah die junge Frau mit den rotgeweinten Augen aufmerksam an.

Gerlinde Koschwitz saß neben ihrem Mann Gerhard, wie ein Häufchen Elend, auf der abgewetzten Wohnzimmercouch vor den beiden Haupt-Kommissaren Luck und Brandstetter. Nachdem gestern der Junge vom Fenster aus nicht zu sehen war, und keinerlei Reaktionen auf die Schreie seiner Mutter zeigte, war sie in den Hof gesprungen und hatte wie eine Irre nach ihm gesucht. Kurz nach siebzehn Uhr, tauchten dann seine beiden Freunde auf, und halfen ihr bei der Suche nach Jonas. Die beiden Buben leisteten wahre Detektiv-Arbeit, und läuteten bei allen vierzehn Mitbewohnern in dem Wohnblock, des Stadtteils Sahlkamp. Sie fragten alle die sie antrafen, ob sie was gesehen oder gehört hatten. Nichts. Nach anderthalb Stunden gaben sie ihre Bemühungen auf, und Gerlinde und Gerhard Koschwitz fuhren zur nächsten Polizeistation. Dort versuchte man sie zu beruhigen, und leitete eine sofortige Suchaktion ein. Bevor die zwanzig Mann starke Gruppe richtig begonnen hatte, fand man den Jungen vor der Haustür seiner Eltern wieder, als sie gerade von einem Polizisten nach Hause begleitet wurden. Betäubt! Ein sofort verständigter Arzt untersuchte den Kleinen und beruhigte die Eltern. Die Spritze, die dem Jungen verabreicht wurde, war ähnlich wie die Wirkung einer mittelstarken Narkose im Krankenhaus. Davon würde der kleine Jonas keine bleibenden Schäden behalten, teilte man den schockierten Eltern mit. Aber von was ganz anderem, würde er sich vielleicht nie mehr im Laufe seines Lebens erholen: Der seelischen Qual!

„Nein, mir ist nichts aufgefallen", antwortete Gerlinde Koschwitz stockend nach einer langen Pause.

„Hat Ihnen Ihr Sohn, vielleicht mal von einem fremden Mann erzählt, der um das Schulgebäude herumlungerte?", hakte Brandstetter nach. Er, und sein Kollege Luck, waren erfahrene Beamte der Kripo Hannover. Beide waren Mitte vierzig, leicht angegraut und von schlanker Statur.

„Nie", antwortete Gerhard Koschwitz und drückte dabei die Hand seiner Frau. Er hatte einen kugelrunden Bauch und eine beginnende Stirnglatze. Er saß mit weißem Unterhemd und grauer Jogginghose vor den Beamten, und nahm einen langen Zug aus seinem Pils-Glas, das vor ihm stand. „Immer und immer wieder, haben wir dem Kleinen eingetrichtert, dass er mit keinem Fremden mitgehen soll. Und jetzt das. Da soll man nicht verrückt werden. Was soll man denn den Kindern noch erzählen?"

„Machen Sie sich keine Vorwürfe", meinte Luck. „Das passiert in jeder Minute, irgendwo in Deutschland. Jedes zehnte Kind ist leider leicht zu manipulieren und geht mit Fremden mit. Vor allem, wenn die Kids mit Spielzeug, Süßem oder Geld gelockt werden."

Das stimmte zwar nicht ganz, aber Luck wollte nicht, dass sich die Eltern ewig Selbstvorwürfe wegen der Tat machten. Immerhin hatten sie Glück, dass der Junge nicht entführt wurde und keine Lösegeldforderung folgte. Dann wäre das Ganze noch ein viel größeres Drama geworden. Am wichtigsten war jetzt auf jeden Fall, die psychologische Betreuung und die weitergehende Untersuchung des Buben.

„Herr und Frau Koschwitz. Redet Ihr Sohn wieder einigermaßen normal mit Ihnen? Wir würden ihn gern unabhängig der ärztlichen Untersuchung, nochmal untersuchen", meinte Luck und sah beide nacheinander an.

„Nochmal?", fragte Gerlinde Koschwitz hocherregt, und ihr Mann verzog wütend das Gesicht. „Warum das denn? Er ist durch den Missbrauch, doch schon genug traumatisiert. Er redet nicht mal mehr mit uns über die Tat."

„Wir haben dafür zwei gut geschulte und erfahrene Psychologen. Frau Köster – eine der beiden – würden wir gern zu Ihrem Sohn schicken. Vielleicht kann uns der Junge trotz seines Alters, eine ungefähre Beschreibung des Mannes abgeben? Auch die Stimme des Mannes, oder sonstige Besonderheiten helfen uns vielleicht weiter." In Lucks Stimme lag eine besorgte Ernsthaftigkeit, die die Eltern überzeugte. Sie waren wie alle Eltern, auf das Wohl ihres Kindes aus, und den beiden Beamten ging es noch mehr um einen sofortigen Fahndungserfolg. Der Täter konnte jederzeit wieder zuschlagen.

„Also, gut", sagte Koschwitz zögerlich und kratzte sich am Bauch. „Aber, warum nochmal untersuchen? Wir wissen doch jetzt, dass er nicht in den Jungen eingedrungen ist, sondern wahrscheinlich nur an seinem Glied gespielt hat."

„Der Arzt hat nur nach Verletzungen gesehen", erwiderte Hauptkommissar Brandstetter. „Uns geht's bei der Untersuchung jetzt aber um die Spuren. Die meisten Täter hinterlassen häufig irgendwelche Spuren. Die DNA kann sofort ermittelt werden, wenn wir ein Scham – oder Kopfhaar finden. Womöglich, entdecken unsere Spurensicherer auch Faserstoffe oder Sperma auf dem Körper Ihres Sohnes. Wir müssen alle Möglichkeiten ausloten, dass liegt doch auch in Ihrem Interesse, oder?"

„Sicher", entgegnete Gerlinde Koschwitz. „Sie haben recht. Hauptsache, dieses Schwein wird schnellstmöglich gefasst. Kommt das eigentlich auch in den Nachrichten, oder wird der Vorfall sonst wo veröffentlicht?"

„Wir geben vorerst nichts an die Medien weiter. Zumindest nicht, solange bis wir ein brauchbares Phantombild haben, dann könnte eine Veröffentlichung sehr nützlich sein. Deshalb werden wir auch nochmals alle Hausbewohner und Anwohner befragen. Vielleicht ist der Mann hier schon mal aufgefallen? Oft streunen diese Täter im Umfeld ihrer Tatorte wochenlang umher, um die Gegend nach geeigneten Plätzen zu erkunden. Schließlich wollen sie nicht gesehen werden. Ihre Detektiv-Arbeit mit den beiden Jungen in allen Ehren, aber wir machen das im Anschluss an dieses Gespräch nochmal. Die Buben werden von den Anwohnern bestimmt nicht ernstgenommen, außerdem ist das Arbeit der Polizei. Bestimmt waren auch nicht alle Mieter hier, als Sie gestern mit den Jungen suchten."

„Wann kommt ihre Psychologin und die Spurensicherer?", fragte Koschwitz.

„Wenn Sie nichts dagegen haben, in spätestens einer Stunde. Wir werden sie gleich bitten, herzukommen. Jede Sekunde zählt", meinte Luck.

„Okay, wir werden Jonas darauf vorbereiten. Kann ich dabei sein?", fragte Frau Koschwitz.

„Der Psychologin wäre das bestimmt recht, dann wird das Kind gleich vertrauensseliger. Aber alles Weitere, bespricht dann Frau Köster mit Ihnen. Die hat in den letzten Jahren, schon dutzende solcher Gespräche geführt."

Das Ehepaar nickte stumm.

Beide Kommissare sahen sich an und wussten, dass es Zeit war zu gehen. Sie würden sich getrennt voneinander, nochmals in aller Ruhe, die Mieter im Haus ansehen. Laut Statistik, wohnten fast fünfzig Prozent der Täter, in unmittelbarer Nähe ihrer Tat. Oft waren sogar die engsten Familienangehörige oder Kollegen der Eltern, die Täter. Die beiden Beamten wussten nur zugut: Das Grauen lauerte immer und überall.

Augsburg, 30. Oktober 2008

Einige Wochen waren seit dem Nürnberg-Aufenthalt vergangen. Die Normalität war längst wieder eingekehrt, und die Sache mit Felix schon wieder vergessen. Die Sommerferien waren vorbei, und der Herbst kam unaufhaltsam mit seinen kürzeren und kühleren Tagen. Immer häufiger wurde es neblig, wie immer im Herbst, wenn die grauen Schwaden, die vom Lech hochkamen, sogar den größten Teil der Stadt erfassten. Augsburg im Herbst, war oft eine triste Zeit. Viele Bewohner flohen dann in die Allgäuer – oder Oberbayrischen Alpen, wo oft die Sonne oberhalb von achthundert Meter, ungetrübten Sonnenschein versprach.

Auch ich hatte häufig Sehnsucht nach den Bergen, schließlich wurde ich in Pfronten geboren, dem kleinen Kurort im Ostallgäu mit seinen vierzehn Ortsteilen. Von Augsburg aus, war es ungefähr eine anderthalbstündige Fahrt, eigentlich ein Katzensprung. Ich sollte viel häufiger ins Allgäu fahren, schließlich wohnte in Nesselwang, Katja, meine ältere Schwester, die seit einem Jahr geschieden war. Um möglichst weit weg, von ihrem cholerischen und unberechenbaren Exmann zu sein, zog sie vom Augsburger Stadtteil Pfersee, in den beschaulichen Touristikort, fünf Kilometer vor Pfronten. Arbeit fand sie gleich, in einer Steuerkanzlei direkt im Ort, und als es mit einer günstigen Wohnung klappte, gab es für sie kein Halten mehr. Vielleicht sollte ich ähnliches machen, wenn meine Söhne volljährig waren und auf eigenen Beinen standen. Das wäre bei Felix in acht Jahren der Fall, und ich wäre mit knapp vierzig, noch im besten Alter, um woanders neu anfangen zu können. Als Kassiererin konnte ich überall arbeiten, auch im Allgäu gab es genügend Discounter, seit letztem Jahr sogar einen Aldi in Nesselwang. Und, um es mal ganz ehrlich auszudrücken: Die „Beziehung" mit Harry, machte mich nicht mehr besonders glücklich. Am Anfang dachte ich, es macht mir nichts aus, aber immer mehr, störte mich „was". Viele Frauen wären bestimmt froh, wenn sie einen gutverdienenden Arzt als Partner hätten, der zudem noch fürsorglich war und sich sogar hervorragend mit Kindern verstand. Aber ich war es nicht, und soll ich Ihnen sagen, warum? Mir fehlte die körperliche Intimität!

Ich möchte Ihnen kurz schildern, wie es gestern Abend in unserem Schlafzimmer ablief:

Zuerst kam eines dieser nervigen Fußballspiele, um 20.15 Uhr. Wenn wenigstens der FC Augsburg gespielt hätte, stattdessen kam ein unbedeutendes Spiel im DFB-Pokal, zwischen Bayern München und einem Dorfverein vom Schwarzwald. Wie kann man(n), so etwas Langweiliges ansehen, wenn die Partnerin in Unterwäsche auf der Couch sitzt und in einem Frauenmagazin blättert? Mehrfach versuchte ich, Harrys Aufmerksamkeit auf mich zu lenken, indem ich mich vor ihm räkelte, und sogar im Schritt streich elte. Aber er wurde nicht „spitz wie Nachbars Lumpi", sondern starrte noch intensiver den Bildschirm an, als liefe dort eine Massenorgie zwischen zweiundzwanzig unbekleideten Männern ab, die den Schiedsrichter begatten wollten. Das Problem war nur: Harry war bestimmt nicht homosexuell, dessen war ich mir absolut sicher. Ich ging frustriert, um kurz nach zehn, ins Bett. Als er sich eine halbe Stunde später, still und heimlich neben mich legte, versuchte ich, mich zu ihm hinzukuscheln.

„Sara, du weißt doch. Ich habe morgen einen anstrengenden, langen Tag", meinte er leise, und tat, als wäre er vollkommen erschöpft. Ich unternahm einen letzten Versuch, und versuchte an seinem besten Stück zu spielen. Ich hatte ihn noch nie bei einer Selbstbefriedigung ertappen können. Irgendwo, musste doch jeder normale Mann, mal „Druck ablassen", oder? Als ich seinen – Verzeihen Sie mir die Wortwahl – zugegebenermaßen, kleinen Pimmel zu fassen bekam, nahm er meine Hand und wand sich wie ein Aal. Ich gab auf, und drehte mich enttäuscht auf die andere Seite. Nicht das erste Mal, seit wir uns kannten. Bestimmt schon über hundertmal in den letzten zwei Jahren, seit Beginn unserer merkwürdigen „Beziehung".

Kripo Hannover, 1998

„Frau Timmermann, wir haben Sie ins Kommissariat gebeten, weil Sie womöglich die Einzige sind, die den mutmaßlichen Täter gesehen hat", sagte Hauptkommissar Brandstetter, und stellte der alten Frau eine Tasse Kaffee auf den Tisch.

Bei der Anhörung der Hausbewohner, hatten sie die achtzigjährige Frau nicht angetroffen, da sie sich zum Zeitpunkt der Befragungen, beim Einkaufen im Edeka-Markt befand. Als die alte Dame – von einer Nachbarin – von dem Polizeibesuch erfuhr, meldete sie sich sofort. Kommissar Luck bat sie dann, unverzüglich ins Präsidium zu kommen, damit sie eventuell eine Phantomzeichnung anfertigen konnten. Deshalb befand sich außer Luck und Brandstetter, noch Martin Althofer im Raum, der für mehrere Polizeidienststellen in Niedersachsen, als Polizeizeichner arbeitete. Aufgrund seiner professionellen Portraits, konnten in den letzten fünfzehn Jahren zahlreiche Täter gefasst werden. Als Frau Timmermann einen Schluck Kaffee zu sich genommen hatte, sah sie die Kommissare mit zusammengekniffenen Augen an. Sie trug keine Brille, was für eine Frau in diesem Alter eher selten war.

„Er trug eine Mütze, wie viele dieser jungen Leute heute", meinte sie.

„Wie sah die Mütze aus?", fragte Luck.

„Schwarz war sie. Mit einem weißen Aufdruck. Das konnte ich sehen, weil er sich die Mütze tiefer ins Gesicht zog."

„Konnten Sie lesen, was darauf stand?"

„Nein, aber zwei oder drei Wörter waren es. Ich glaube in Englisch, das kann ich nicht."

Brandstetter nickte zufrieden. Das deckte sich mit der Aussage des kleinen Jonas, der von einem „Uncle Sam"-Aufdruck sprach. Erstaunlicherweise, konnte der Junge ansonsten, den Mann sehr schlecht beschreiben. Aber vielleicht litt er – bei der Befragung – noch unter dem Schock der Ereignisse.

„Was trug der Mann sonst?", fragte Luck.

„Eine dunkelblaue Jeans und ein schwarzes Hemd."

„Keine Jacke? Ein kurzes oder langärmliges Hemd?"

„Kurzärmlig, es war ja auch noch recht warm um die Zeit. Jacke hatte er keine an."

„Und die Statur des Mannes? Sein Alter?", wollte Martin Althofer wissen?

„Die alte Dame überlegte kurz und meinte: „Schlank. Ungefähr eins achtzig. Alter vielleicht, Anfang bis Mitte zwanzig, würde ich mal sagen."

„Martin, steh doch bitte mal auf", bat Luck seinen Kollegen.

Althofer stellte sich vor die alte Frau. „Wie groß schätzen Sie denn den Kollegen, Frau Timmermann?", fragte Luck.

Sie sah ihn von unten nach oben langsam an. „Na, ich würde sagen, auch so eins achtzig."

„Ich bin eins neunundachtzig, Frau Timmermann", meinte Althofer. „Der Mann könnte also, auch so groß wie ich gewesen sein, oder?"

„Schwer zu sagen. Er senkte ja auch leicht den Kopf, als er an mir vorbeilief. Er war auf jeden Fall gut einen Kopf größer als ich. Und ich bin eins sechzig."

„Und war er auch so schlank wie ich, oder etwas kräftiger?", fragte Althofer.

„Ähnlich wie Sie, würde ich sagen."

Brandstetter kratzte sich am unrasierten Kinn und fragte: „Hatte er eine Brille oder Bart? Konnten Sie die Lippen, Augen oder Nase genauer betrachten?"

Die alte Frau räusperte sich, und trank in einem Zug den Rest ihres Kaffees aus. „Es ging alles sehr schnell. Ich habe ihn wirklich nur wenige Sekunden gesehen. Außerdem lag der Schatten der Hutkrempe, auf der Hälfte seines Gesichts. Aber er hatte keinen Bart, da bin ich mir sicher. Und er trug eine Sonnenbrille, da konnte ich keine Augen sehen. Seine Nase und Lippen hab ich nicht mehr in Erinnerung."

Brandstetter und Luck sahen sich an. Bei der Befragung des Jungen, erwähnte Jonas nichts von einer Sonnenbrille. Auch Althofer sah ziemlich deprimiert aus. Bei den vagen Aussagen, war eine Zeichnung völlig unsinnig.

Luck fragte: „Warum haben Sie den Mann oder Jungen, eigentlich nicht angesprochen, als Sie die beiden sahen?"

„Na, hören Sie mal, junger Mann, warum sollte ich? Was gehen mich die an? Das könnte ja auch jemand aus der Verwandtschaft gewesen sein. Soll ich jede fremde Person in der Nachbarschaft ansprechen, die mir nicht bekannt vorkommt und ein kleines Kind begleitet? So was idiotisch habe ich ja noch nie gehört. Ich will jetzt gehen, mehr kann ich Ihnen beim besten Willen nicht mehr sagen."

Die alte Frau hatte sich stark erregt, und schlagartig einen hochroten Kopf bekommen. Sie jetzt, auf das Verhältnis zur Familie des Jungen anzusprechen, würde keinen Sinn mehr machen. Sie wussten von den Eltern, dass die Kinder sie oft störten, wenn sie unten im Hof spielten. Sie schien noch sehr gut zu hören. Bei den Augen der Dame, hatten die Männer im Zimmer, so ihre Zweifel. Sie wussten, dass sie mit den bisherigen Erkenntnissen, den Mann mit der Mütze nicht ausfindig machen konnten. Erst ein weiterer Versuch des Täters, und bessere Zeugen, konnten die Chancen erhöhen, ihn zu fassen. Alle hofften, dass wenigstens die KTU brauchbare Spuren fand.

Augsburg, 31. Oktober 2008

Es war ein neblig-trüber Oktobertag, als ich mit Felix, Richtung Allgäu fuhr. Kurz vor neun, war Augsburg wie ausgestorben, und die Stadt in eine dicke Nebelglocke gehüllt. Eigentlich wollte Harry den Jungen mit auf einen Ausflug nehmen, doch Felix war, im Gegensatz zu Patrick, für Ausflüge in die Alpen immer zu begeistern. Außerdem verstand er sich auch hervorragend mit meiner älteren Schwester Katja, die keine Kinder hatte. Wir hatten beschlossen, auf den „Breitenberg" zu gehen, und danach unterhalb des Gipfels, auf der 1700 Meter hoch gelegenen Ostler-Hütte einzukehren. Falls es später werden sollte, würden wir statt dem Talabstieg, die Gondel nehmen.

Als ich kurz nach elf in der Lindenstraße parkte, sah ich vom Auto aus, wie meine Schwester bereits auf ihrer Terrasse stand und uns zuwinkte. Sie hatte eine achtzig Quadratmeter große Dreizimmerwohnung, mit etwa fünfzehn Quadratmeter Terrassenfläche und prächtiger Aussicht auf die Nesselwanger Hausberge; „Alpspitze und Edelsberg". Als wir auf Katja zuliefen, kam sie uns gleich freudestrahlend in ihrer Outdoor-Kluft entgegen. Nacheinander fiel sie zuerst mir und dann Felix um den Hals.

„Freut mich, dich endlich wiederzusehen, kleines Schwesterherz. Und dich natürlich auch, lieber Felix. Hattet ihr viel Nebel auf der Strecke?"

„Wie fast immer im Herbst, von Augsburg bis kurz vor Buchloe", erwiderte ich. „Dann konnten wir schemenhaft schon die Berge erahnen, was unsere Laune schlagartig erhöhte. Und wie geht's dir immer so, jetzt ganz ohne Ehemann?"

„Wunderbar, ein Problem weniger. Die Schweinebacke hat mich bestimmt drei bis viermal betrogen."

Genau das Gegenteil meiner Beziehung. Ich würde meine teuerste Schweizer Armbanduhr verwetten, dass Harry mich kein einziges Mal betrogen hatte. Aber das sagte ich ihr natürlich nicht. Noch nicht.

„Na, dann kannst du dich ja jetzt hier im Ostallgäu austoben. Hoffentlich gibt's wenigstens ein paar interessante Männer hier?"

„Vorwiegend Urlauber mit Familien, oder verheiratete Typen die eine Affäre suchen, wie fast überall. Ansonsten kaum Brauchbares. Halt viele Bauerntrampel. Aber ich bin ja nicht wegen den Männern hierher, sondern wegen dem Job und der schönen Landschaft. Das genügt mir, vorerst."

„Hauptsache, du bist glücklich und zufrieden, Katja."

Felix sah auf einmal eine getigerte kleine Katze. „Wow, seit wann hast du denn eine Katze?"

„Gefällt sie dir? Ist mir vor vier Wochen zugelaufen. Vielleicht ein Ausreißer, von einem der umliegenden Bauernhöfe. Ich hab sie „Lilly" getauft. Passt doch, oder?"

Felix wisperte und rief den Namen, dann kam das Kätzchen schon angeschlichen und schlich zwischen seinen Beinen hindurch. Er nahm sie auf den Arm und streichelte sie.

„Süße Muschi", sagte ich langzogen, und Katja lachte genauso wie ich.

„Wir sollten nicht mehr viel Zeit verlieren", meinte Katja, „sonst wird's zu spät für den Breitenberg. Heut ist bestimmt die Hölle los. Ihr seid ja schon in Wanderklamotten. Musst du noch was aus deinem Auto holen, Sara? Wir fahren natürlich mit meinem Wagen."

„Ich hol noch unseren Rucksack und meine Stöcke, dann können wir starten. Felix, du kannst später noch mit der Katze kuscheln, schwing dich jetzt ins Auto."

Als ich unsere Sachen im Kofferraum verstaut hatte, legte ich noch meine Sporttasche auf ihrer Wohnzimmercouch ab. Meistens übernachteten wir bei ihr, wenn ich zum Abendessen noch Alkohol trank, was oft der Fall war. Außerdem hatte ich keine Lust, ermüdet und mit Nebel vor den Augen, im Dunkeln wieder heimzufahren. Als ich mich auf den Beifahrersitz schwang und anschnallte, fiel mir schon die gestrige Ausgabe der BILD-Zeitung auf, die auf der Armaturenkonsole lag. Als Katja zügig losfuhr, nahm ich die Zeitung in die Hand und bekam Herzklopfen, als ich die riesige Überschrift las: **„Sechsjähriger Junge in Augsburger Tiefgarage missbraucht!"**

Hannover, November 1998

„Treffer!", strahlte Hauptkommissar Luck, als er das Büro betrat, dass er gemeinsam mit seinem Kollegen Brandstetter teilte.

„In welchem Fall?", fragte Brandstetter, der auf seinen Monitor stierte. „Wir bearbeiten ja – wie fast immer – drei Fälle gleichzeitig."

„Na, bei dem kleinen Jungen, Ende September. Du weißt doch noch, Jonas Koschwitz?"

„Ja, klar. Warum hat das solange gedauert? Das war doch schon vor über sechs Wochen."

„Was sind schon sechs Wochen?" entgegnete Luck. „Bei „Aktenzeichen XY" werden manchmal Fälle gezeigt, die ziehen sich über Jahrzehnte hin."

„Okay, Okay. Was haben denn die Kollegen von der KTU so alles gefunden?"

„Einen Fingerabdruck."

„Wo?", fragte Brandstetter.

„Auf einer Verpackungshülle. Der Mann hat den Jungen, anscheinend kurz bevor er ihn in den Kofferraum schmiss, mit einem „Duplo" geködert. Du kennst doch diese länglichen Schokoriegel, oder?"

„Klar, von der Werbung. Gegessen hab ich noch nie einen."

„Siehste, ich kenn die Werbung nicht, dafür hab ich schon oft einen gegessen. Und auf dieser glänzenden Verpackung, haben die Kollegen „etwas verspätet" einen Fingerabdruck sichergestellt. Nicht nur von dem Jungen, sondern ach eindeutig von einem Mann, also dem, der dem Kleinen den Riegel schenkte. Die Kollegen kamen erst deshalb so spät darauf, weil auf der Bekleidung und dem Körper des Jungen nichts zu finden war. Die Klamotten haben sie sich anscheinend erst sehr viel später vorgenommen, vor allem die Taschen. In seiner rechten Hosentasche war das zusammengeknüllte Papier der Verpackung."

„Erstaunlich, dass die da einen Abdruck sichern konnten. Haben wir was Ähnliches in der Datenbank?"

„Leider nicht", erwiderte Luck.

„Also, haben wir zwar einen gesicherten Fingerabdruck, aber keine Übereinstimmung mit früheren Fällen, und noch schlimmer; Keinen Verdächtigen!"

„Korrekt."

„Und, was machen wir jetzt?", fragte Brandstetter.

„Wir holen uns die Abdrücke von denen, auf die das Profil des Verdächtigen zutreffen könnte."

„Weißt du, wieviel das nur in Hannover sind?"

„Bestimmt fünfzigtausend, schätz ich mal. Aber fangen wir doch einfach mal im kleinen Kreis an, nämlich bei der Familie. In neun von zehn Fällen, stammt der Täter aus dem näheren Umfeld der Familien. Verwandschaft, Bekannte, Kollegen, Nachbarn und so weiter. Zwischen 20 – und 30 Jahre, eins achtzig – bis eins neunzig groß und schlank, dunkelhaarig. Wetten, dass das keine fünf sind, die noch in Frage kommen?"

„Und wenn es auf gar keinen zutrifft?"

„Sei nicht gleich immer so pessimistisch. Diese perversen Schweine sind meistens unvorsichtig und triebgesteuert, aufgrunddessen machen sie zwangläufig Fehler, dann sind sie fällig."

„Dein Wort in Gottes Ohr. Hoffentlich täuscht du dich nicht und wir kriegen ihn schnell, bevor er sich am nächsten Kind vergreift."

Teil 4

Verdächtige Anzeichen

Augsburg, Juli 1993

Die Vorbereitungen für die Abitur-Feier im Sankt Stephan Gymnasium liefen auf Hochtouren. Auch Harry Schaller war eifrig dabei, die Tische und Stühle mit aufzustellen und das Buffet vorzubereiten. Gestern hatten alle Gymnasiasten die Ergebnisse mitgeteilt bekommen, und bis auf Axel Schweinberger, hatten alle das Abi bestanden.

Harry war hochzufrieden, ihm war schon immer sonnenklar gewesen, dass er bestand, die Frage war für ihn nur, mit welchem Notenschnitt. Mit 1,1 lag er mit Bernd Rieger gleichauf am besten in der Klasse. Beste Voraussetzungen, um in Kürze mit dem Medizinstudium beginnen zu können. Schon seit dem Kindergarten, träumte er nur von einem Beruf: Arzt! Anderen helfen zu können, gut zu verdienen, einen angesehenen Beruf zu haben, mit anderen Leuten zu tun haben, das war sein Herzenswunsch. Seinen Eltern gegenüber, hatte er immer wieder betont, dass es für ihn kein anderes Ziel – in beruflicher Hinsicht – geben würde.

„Harry, du gehst doch nach der Feier hier, noch mit zum Weiterfeiern, oder?", fragte ihn Bernd Rieger.

„Weiterfeiern? Wie meinst du das?", fragte Schaller.

„Also, hör mal, du Streber. Das Abi wird nicht nur hier im Gymnasium gefeiert, sondern danach geht's erst richtig los, wenn wir in die Stadt ziehen."

„Um was zu machen?"

„Zuerst ziehen wir grölend und pfeifend mit unseren „Abi-Shirts" durch die Fußgängerzone, damit die Stadt endlich aufwacht. Danach ziehen wir durch die Kneipen und geben uns die Kante. Und wenn wir nicht vollkommen besoffen sind, reißen wir abends noch ein paar geile Tussis auf. Und wenn die nicht mitspielen, gehen wir ins „Blue Velvet". Dort läuft um Mitternacht, noch eine Megageile Stripshow mit „Dicky Dickson", der dicksten Stripperin der Welt. Die steckt sich während der Show alles möglich in die Muschi, und hängt dir ihre Riesentitten auf deinen Schwanz und ins Gesicht."

„Äh…, eigentlich hab ich schon was vor, Bernd", erwiderte Harry.

„Du Pfeife! Jetzt mach bloß keinen Rückzieher. Alle gehen mit, bis auf den Versager Schweinberger, zumindest bis zu unserem Kneipenbummel. Ins Striplokal musst du ja nicht unbedingt mitgehen, das ist nur was für richtige Männer."

Allmählich ging Harry das dümmliche Geschwätz von Rieger auf die Nerven. Der Typ ging einem wirklich auf den Sack.

„Bernd, ich muss nachmittags meinen kleinen Bruder zur Schule bringen und wieder abholen. Das macht in der Regel meine Mutter, aber die ist krank und liegt mit hohem Fieber im Bett", meinte er.

„Nebenan, in der Prinzenegg-Grundschule?"

„Genau. Außer mir, kann sich niemand um den Kleinen kümmern. Mein Vater arbeitet, und meine Großeltern sind nicht mehr so gut zu Fuß. Und danach sollte ich noch etwas einkaufen gehen, und dringend Medikamente für meine Mutter in der Apotheke holen."

„Ach, deshalb bist du so oft in der Grundschule. Wunderte mich schon, was du dort ständig machst."

„Mein Bruder ist noch sehr unselbständig. Ich muss ihm oft noch Pausenbrote oder Wurstsemmel bringen, damit er auch genügend isst. Er vergisst immer, was mitzunehmen."

Für Bernd Rieger klang das einleuchtend, und er gab sich mit der Antwort zufrieden.

Nur eines wusste er nicht:

Harry Schaller hatte gar keinen Bruder.

TEIL 5

Die Bestie im Mann

Augsburg, Winter 1999

Der Wind pfeifte und einzelne Schneeflocken tänzelten in der Luft. Der Mann stand unweit der Birkenwaldschule und beobachtete die herausstürmenden Kinder. Die Grundschule befand sich unweit seiner Wohnung, und niemand würde Verdacht schöpfen, wenn er hier teilnahmslos einige Minuten unter einem Baum stand. Der Platz, wo er unbeweglich verharrte, war in der Nähe der S-Bahnstation, und es wirkte so, als warte er nur auf jemanden, oder auf die nächstkommende Bahn.

Viele der Sechs – bis Neunjährigen, liefen an ihm vorbei, da sie auf die nächste Bahn warteten, andere, weil sie über den Zebrastreifen auf die andere Fahrbahnseite mussten. Schon seit Tagen hatte er wieder den Drang, dieses junge, zarte Fleisch liebkosen zu müssen. Wieder diese kleinen, und zarten Glieder in den Händen zu halten, ihnen ihre Unschuld zu rauben, zu küssen, zu liebkosen. Ein unbeschreibliches Gefühl durchströmte ihn, wenn er nur daran dachte. Sein Schwanz war schon seit einer halben Stunde hart wie ein Stein, seit er hier wartete. Er konnte sich mit seiner Liebe niemandem anvertrauen, die Gesellschaft war zu gefühlskalt, für solche Empfindungen. Alles was von der Norm abwich, wurde als pervers angesehen. Aber was war denn schlimm daran, wenn ein Mann andere Männer, oder eine Frau lieber Frauen mochte? Wenn ein junger Mann auf Seniorinnen stand, die seine Mutter sein konnte? Wenn eine weiße Frau, schwarze Männer begehrenswert fand? Wenn ein alter Greis auf junge Mädchen schielte? Er wollte doch niemandem Böses tun, schließlich liebte er sie doch, diese zarten Geschöpfe. Diese wunderbaren Knaben.

Da kam er!

Kleine Stupsnase, Segelfliegerohren, orangefarbene Pudelmütze, einen grasgrünen Rucksack auf dem kleinen Rücken, der fast bis zu seinem Hintern reichte. Blonde Haare, strahlende Augen, vermummt mit dicker Daunenjacke, damit der kleine, schmächtige Körper nicht fror. Bestimmt freute sich der Bub schon, auch ihn kennenzulernen, seine großen, haarigen Hände auf seinem Körper zu spüren, seinen Penis zu bestaunen, seinen Mund zu befeuchten. Jetzt, er kam langsam auf ihn zu! Er lächelte ihn an. Gott, wie süß der Kleine war.

Nein!

Er lief einfach an ihm vorbei, als wäre er nur eine Telefonzelle. Als wäre er nur eine Straßenlaterne, die Licht spendete. Aber wie konnte der Junge denn wissen, was schön ist im Leben, wenn es ihm noch nie jemand gezeigt hatte? Ihm musste es doch erst mal nähergebracht werden, das Gute! Wenn er ihn erstmal geliebt hatte, würde er ihn immer wieder lieben wollen. Also folgte er ihm, wie er durch den Park ging, mit sicherem Abstand. Er stülpte den Mantel seines

Kragens hoch, zog sich die Mütze tiefer ins Gesicht, und atmete dabei die eiskalte Luft ein. Das Kribbeln wurde stärker, der Drang, den Buben fest in die Arme zu schließen, wurde immer größer.

Aber er musste aufpassen.

Das letzte Mal, war er fast zu unvorsichtig gewesen. Beinahe wäre er erkannt worden. Er hatte sich schon überlegt, einen falschen Bart, Brille oder Perücke zuzulegen, aber das könnte die kleinen Jungen erschrecken. Und er musste doch vertrauenerweckend wirken, die Kinder sollten seine sanften braunen Augen sehen, die immer Gutmütigkeit ausstrahlten. Sie sollten im Angesicht zu Angesicht spüren, dass er ihnen nichts Böses tun wollte.

Sie wollten es doch auch!

Nur einer wie er, konnte es ihnen vermitteln, wie wunderbar es sein konnte.

Er hatte den Kleinen, von dem er schon wusste, dass er Tobias hieß, bereits achtmal verfolgt. Immer wenn er nachmittags seine Schule beendet hatte, war er ihm hinterher. Bei dem Tempo, würde er in sechs- bis acht Minuten vor seiner Haustür sein. Er musste ihn schleunigst ansprechen, in der nächsten Allee waren sehr wenig Menschen, dass wusste er von seinen vielen Erkundungen. Dort war es auch finster genug, damit man ihn nicht gut erkennen konnte. Jetzt, kein Mensch weit und breit zu sehen.

„Hallo, Tobias!"

Erstaunt blieb der kleine Junge stehen. Misstrauisch beäugte er den Mann mit der Mütze und seiner dunkler Jacke.

„Kennst du mich nicht, Tobias? Ich wohn doch gegenüber bei euch in der Nachbarschaft."

„Ich hab dich aber noch nie gesehen", erwiderte Tobias.

„Ich dich schon oft. Du bist häufig mit deiner Mutter beim Einkaufen, meistens samstags. Im Kaufland und auch beim Drogeriemarkt Schlecker."

„Gehst du da auch zum Einkaufen?"

„Klar. Ich hab dir dort auch Spielzeuge gekauft."

„Was? Für mich? Welche Spielzeuge?"

„Playmobil. Und ganz, ganz viele Süßigkeiten. Haribo, Hanuta, Lakritzstangen und Mohrenköpfe."

„Wo hast du das alles?"

„Bei mir in der Wohnung. Wenn du Lust hast, können wir kurz zu mir gehen, dann geb ich`s dir."

„Wo wohnst du?"

Der Mann grinste zufrieden. Am Tonfall und Gesicht des Jungen merkte er, dass der Kleine Vertrauen geschöpft hatte. „Hundert Meter von euch entfernt, in der Charlottenstrasse, da, wo der Schlecker gegenüber liegt. Da vorn steht mein Auto. Fahren wir, dann sind wir gleich da."

Als der Junge noch zögerte, meinte er: „Worauf wartest du noch? Sonst schenk ich`s jemand anders."

„Wo steht dein Auto?"

„Gleich da vorn. Siehst du den Geländewagen? Komm mit, es ist saukalt."

Er nahm den Jungen bei der Hand und ging eilig weiter. Zwei Jugendliche liefen an ihnen vorbei und maßen der Szenerie keine große Bedeutung. Dann standen sie vor seinem schwarzen Geländefahrzeug. Er nahm ihm den Rucksack von der Schulter und legte ihn auf den Rücksitz.

„Komm, sitz dich hier hin, neben deinen Rucksack, in zwei Minuten sind wir da. Möchtest du was trinken? Ich hab hier ein Bluna."

„Ja, ich hab Durst."

„Dacht ich mir doch." Er reichte ihm die grüne Flasche.

„Hier, trink mein Süßer."

Tobias setzte sich hin und trank hastig aus der Flasche. Keine Minute später schlief er ein. Zufrieden lächelte der Mann und spürte sein erigiertes Glied, das schon juckte. Wieder einmal hatte das Schlafmittel hervorragend gewirkt. Bei Erwachsenen dauerte die Wirkung in der Regel zehn- bis fünfzehn Minuten, bei kleinen Jungs maximal zwei.

Es war kurz vor siebzehn Uhr, und es wurde schon dunkel. Er sah sich nach allen Seiten sorgfältig um, trug den Jungen zum Kofferraum und wickelte ihn in einen Teppich. So konnte er ihn unauffällig in seine Wohnung transportieren, und jeder wo ihn sah, würde meinen, dass er einen Teppich in seine Wohnung trug.

Als Tobias zwanzig Minuten später, die Augen wieder aufschlug, war er in einem spartanisch eingerichteten Wohnzimmer mit Couchgarnitur, Tisch, einer gläsernen Vitrine an der Wand und einem großen Fernseher. Auf dem Tisch standen Spielzeuge, Süßigkeiten und eine Schale mit Chips.

„Hey, Tobias. Na, du warst vielleicht müde. Schau mal, was ich hier alles für dich habe."

„Wo bin ich?" Schlaftrunken rieb sich der Junge die Augen.

„Na, bei mir. Übrigens, ich bin der Charly. Gefällt dir, was ich hier alles habe? Schau mal; Playmobil, Spielzeugautos und die vielen Süßigkeiten. Du kannst dir nehmen, was du willst."

Tobias griff zu einem Duplo und öffnete es. „Bringst du mich dann später auch wieder nach Hause?"

„Klar, jetzt greif erstmal zu. Wenn du willst, mach ich uns Pommes mit Ketchup. Sind in zehn Minuten fertig, brauch sie nur in die Fritteuse zu werfen."

„Gut, aber nach dem Essen sollte ich heim. Sonst schimpfen mich meine Eltern. Mein Vater kommt auch meistens um sechs, dann essen wir immer, und danach schaut mein Papi noch meine Schularbeiten an."

„Klar, bring dich dann gleich heim, Tobias. Also, such dir erstmal was aus. Hier, in der Vitrine hab ich noch mehr. Ich leg derweil mal die Pommes in die Fritteuse."

Zufrieden grinste er. Seine Jogginghose stand nach vorn ab, als er in die Küche lief. Als er einen Beutel Pommes in die Fritteuse geschmissen hatte, holte er ein weiteres „Lieblingsspielzeug" aus seinem Küchenschrank. Er packte es und ging freudig erregt wieder ins Wohnzimmer. Der Kleine spielte artig mit den Playmobil-Figuren und knabberte an den Chips.

„Wann sind die Pommes fertig?", fragte Tobias.

„Gleich, mein Schatz. In etwa fünf Minuten. Schau mal, was ich hier habe." Charly legte etwas auf den Tisch. „Weißt du, was das ist?"

„Nee", entgegnete Tobias. Er hatte so ein merkwürdiges Spielzeug noch nie gesehen.

„Das ist sowas ähnliches wie eine Kamera, ein Camcorder. Damit film ich uns. Geil, oder?"

„Warum willst du uns filmen? Wie wir essen?"

„Was viel interessanteres, Tobias. Schau mal, hast du sowas schon mal gesehen?" Er zog seine Jogginghose runter, und zeigte Tobias seinen steifen Penis, der zur Decke stand. Dann legte er seine Hand darauf und zog seine Vorhaut vor und zurück. „Gefällt dir das Teil? Sowas kriegst du in ein paar Jahren auch. Wir können ja mal ausprobieren, ob dein kleiner Pimmel auch schon wächst?"

Der Kleine begann zu zittern und zu stottern. „Waru…? Warum tust du sowas? Ich möchte jetzt gehen. Bitte, ich möchte jetzt gehen, hab keinen Hunger mehr."

„Das tun alle Männer, mein Engel." Er setzte sich neben den Jungen, der etwas zur Seite wich. Das war normal, beim ersten Mal waren sie alle noch so schüchtern. Er gab dem Jungen einen Kuss auf die Stirn. „Tobias, du bist wirklich ein hübscher, kleiner Bengel. Fass mal an." Er nahm die Hand des Jungen und legte sie auf seinen steifen Schwanz.

„Gefällt er dir? Damit kann man auch richtig spritzen. Soll ich`s dir mal zeigen?"

„Ich möchte jetzt gehen, Charly", antwortete der Junge ängstlich.

Er bemerkte das Zittern des Buben, aber er würde schon noch Gefallen daran finden. Der Kleine wusste nur noch nicht, wie schön dass alles sein konnte.

„Jetzt essen wir erstmal die Pommes, Kleiner. Dann zeig ich dir, wie man damit spritzt, und dann bring ich dich heim, okay?"

„Abe..., aber wirklich. Sonst schimpft mein Vater."

„Klar, Tobias. Die Pommes sind gleich fertig."

Er griff zum Camcorder, stellte ihn an und ließ ihn laufen. Was gab es schöneres, als erregende Erinnerungen? Er lief in die Küche, und sah aus den Augenwinkeln, wie Tobias blitzartig aufsprang und zur Tür lief. Aber er hatte schon vorher abgesperrt und den Schlüssel eingesteckt.

„Tobias!", knurrte er wütend. „Ich habe es gut gemeint mit dir. Aber wenn du meine Gutmütigkeit nicht zu schätzen weißt, dann kann ich auch anders." Er lief auf den Jungen zu und gab ihm eine Ohrfeige. Das Gesicht des Jungen knallte zur Seite und er begann zu weinen.

„Ich will nach Haus!" schluchzte Tobias und strich mit den Händen über sein gerötetes Gesicht.

Aber die Erregung des Mannes war jetzt am Siedepunkt angelangt, und er wollte dem Jungen zeigen, wie er zum richtigen Mann wurde. Aber zuerst wollte er Pommes essen und ein Bier trinken.

Dem Jungen würde er was einträufeln müssen, langsam wurde der Knabe zu widerspenstig.

Und dann: Erst das Essen und dann das Vergnügen.

Wie schön konnte doch das Leben sein.

Kripo Augsburg, nach der Tat

„Hattest du in deiner Laufbahn, schon einmal so einen abscheulichen Fall von Kindesmissbrauch?"

Der Mann, der dies seinen Kollegen fragte, war Oberkommissar Werner Zirngibl, einer der sieben Kommissare der Augsburger Kripo.

Sein Kollege, Hauptkommissar Edgar Belge, war ein weißgrauer Endfünfziger, der seit fünfunddreißig Jahren im Polizeidienst war, und sein Vorgesetzter.

„Werner, die Fälle, die noch schlimmer sind, sind die, die mit dem Tode des Opfers enden. Dieser hier ist zwar widerlich und grausam, aber der Junge lebt wenigstens. Das heißt, der Täter ist vermutlich ein Pädophiler, aber kein Mörder."

„Na, das ist ja ein Trost für die Eltern."

„Du sagst es. Wäre der Junge tot, würden die Eltern das wahrscheinlich nicht mehr verkraften, bis sie irgendwann im Grab liegen. Jetzt kann man nur hoffen, dass der Junge die Tat irgendwann verarbeitet und nicht lebenslang davon traumatisiert bleibt."

„Oder, dass der Junge selbst, nicht irgendwann zum Täter wird?"

„Du sagst es, dass wäre noch übler."

„Der Fall erinnert mich an den, den wir vor fast einem halben Jahr hatten."

„Ja, unverkennbar, Werner. Das Schwein haben wir nicht gekriegt, er ist etwas in Vergessenheit geraten und jetzt gibt uns der Täter zu erkennen, dass wir ihn wieder jagen sollen. Ironisch gemeint, natürlich. Aber manche dieser Serientäter sind wirklich so drauf."

„Verstehe. Und er legt an Abartigkeiten zu."

„Leider. Wir müssen ihn unbedingt schnappen, bevor es noch schlimmer endet für die Opfer. Wer weiß, was er sich noch alles einfallen lässt? Was sagt der Mediziner? Wie geht's dem Kleinen?"

„Der Schließmuskel ist stark in Mitleidenschaft gezogen worden, dadurch hat der Junge innere Blutungen. Dazu Schürfwunden, Hämatome und kleinere Blessuren am Kopf und dem rechten Oberarm. Anscheinend hat sich der Junge massiv gewehrt und dann wurde der Mann brutaler. Unser Doktor meint, dass das Kind, bevor es zur Penetration kam, fliehen wollte. Dann hat der Typ den Kleinen gepackt und gefügig gemacht. Vermutlich kam es dann zu ersten körperlichen Annäherungen, und als das Kind dann immer noch Widerstand leistete, hat er es betäubt."

„Das dachte ich mir, sonst hätte der Junge noch schlimmere Wunden, vor allem seelischer Art", meinte Belge. „War das Midazolam?"

„Ja, kennst du etwa das Mittel, Edgar?"

„Ein gängiges Narkosemittel. Über die Apotheke wird es gelegentlich auch verabreicht, aber nur in Ausnahmefällen. Häufiger wird es in Kliniken und Krankenhäusern eingesetzt. Laut unserem Arzt gehört es im „Fachchinesisch", zur Gruppe der kurzwirksamen „Benzodiazepine", was immer das auch bedeuten mag. Beim letzten Missbrauch wurde es nicht vom Täter eingesetzt."

„Wie wird es verabreicht?"

„In Form von Spritzen, aber auch von Flüssigkeit. Man kann es in ein Getränk mischen, da dauert die Wirkung etwas länger als mit der Spritze."

„Wie hat`s s der Junge bekommen?"

„Als Getränkecocktail. Entweder hat er es nicht gewusst, als er es trank, oder der Mann hat`s ihm gewaltsam verabreicht. Das würde die Hämatome an Kopf und Arm erklären. Außerdem hat das Zahnfleisch des Kindes etwas geblutet."

„Sonstige Wirkungen?"

„Das Mittel gilt zudem als angstlösend, entspannend auf die Skelettmuskulatur und entkrampfend. In der Intensivmedizin wird es als Dauerinfusion über eine Spritzenpumpe zur Sedierung benutzt. Bei Kinder wird es auch noch eingesetzt bei epileptischen Anfällen."

„Du meine Güte."

„Es kommt noch schlimmer, Werner. Soll ich dir vorlesen, was im Internet über das Zeug steht?"

„Ich kann's kaum erwarten."

„Midazolam wird in einigen Ländern bei Hinrichtungen benutzt! Auch in einigen Bundesländern der Vereinigten Staaten, wo noch die Todesstrafe gilt."

„Als Todesspritze?"

„Genau. In hoher Dosierung wird es gleichzeitig mit einem Schmerzmittel verabreicht."

„Interessant, mit was unser Täter da so hantiert."

„Der Oberste Gerichtshof hat die Klagen mehrerer Todeskandidaten in den letzten Jahren abgelehnt, sodass es weiterhin im Einsatz ist. Bei mehreren Hinrichtungen gab es bis zu zweistündige Todeskämpfe."

„Okay, genug. Mir ist schon schlecht. Und was sollen wir jetzt tun?"

„Du klapperst morgen sämtliche Apotheken in Augsburg und Umgebung ab."

„Weißt du, wie viele das sind?"

„Zweihundert? Dreihundert? Keine Ahnung."

„Bestimmt über Fünfhundert!"

„Egal."

„Das dauert ja Wochen."

„Schnapp dir sechs bis acht Uniformierte, dann klappt's vielleicht in einer Woche."

„Na, die werden sich ja freuen bei der PI. Die schieben eh schon hunderte von Überstunden bei unserem Personalmangel."

„Das ist zwingend notwendig. Schreiben wir die Apotheken an, bekommen wir von den meisten gar keine Antwort oder werden bloß angelogen. Wir müssen alles persönlich und akribisch überprüfen."

„Aber eines hast du übersehen, Chef?"

„Was?"

„Das Mittel gibt`s doch bestimmt auch in Arztpraxen, bei Rettungsdiensten, Kliniken und weiß Gott wo."

„Da hab ich auch schon dran gedacht. Die sind nach unseren Apothekern dran. Unsere Arbeit geht uns bestimmt nicht aus."

„Du glaubst also, der Täter könnte aus dem medizinischen Sektor stammen?"

„Alles möglich. Als Apotheker, Pfleger, Rettungssanitäter oder…?"

„Oder…?"

„Als Arzt."

Nesselwang (Allgäu)

Spätnachmittags kamen wir von unserer Tour aus Pfronten zurück, und setzten uns bei meiner Schwester Katja auf die Terrasse.

Zuvor waren wir auf dem Breitenberg und Aggenstein gewesen, zwei markante Berge, die direkt nebeneinander liegen, wobei der Aggenstein mit 1987 Metern, der etwas höhere ist. Deshalb wollte ihn Felix unbedingt erklimmen. Er meinte, der Breitenberg wäre für ihn zu leicht, da würden schließlich fast alle raufgehen. Wir sparten uns deshalb den zweiten (niedrigeren) Gipfel, und kehrten stattdessen lieber in der Ostlerhütte ein, die unterhalb des Breitenberggipfels liegt. Gegen halb fünf verkürzten wir dann den Abstieg, und fuhren mit der Kabinenbahn wieder zur Talstation zurück. Aufgrund des wunderbaren Wetters, waren mehrere tausend Biker, Wanderer und sonstige Aktivisten unterwegs. Manche fuhren auch nur mit der Gondel zur Bergstation, liefen dann nur maximal dreißig Minuten bis zur Hütte, kehrten ein, und fuhren dann mit der Bahn wieder runter. Jedem halt das seine. Über die Überschrift der „Bild", unterhielt ich mich nicht mit meiner Schwester, schließlich wollte ich uns nicht die Laune vermiesen, was bei so einem Thema durchaus möglich wäre.

Bevor wir zu Katja zurückfuhren, deckten wir uns noch mit allerlei Lebensmitteln, Getränken, Süßigkeiten und allerlei Knabbereien beim V-Markt ein. Schließlich hatten wir heute genug an Kalorien verbrannt, und konnten es uns auch leisten zu schlemmen, zumal wir alle rank und schlank waren.

Während der Wanderung hatten ich und Felix beschlossen, dass wir bei Katja übernachten würden, nachdem sie uns mehrfach bat, doch noch länger zu bleiben. Sie gab es zwar nicht gern zu, aber ich glaube, sie war doch manchmal einsam in Nesselwang, als sogenannte „Zugereiste".

Wieder daheim bei ihr, spielte Felix mit der Katze, währenddessen wir uns bei einem Glas Prosecco auf der Terrasse unterhielten. Um neunzehn Uhr, war es mit gut achtzehn Grad und Windstille, noch angenehm genug, um uns auf ihre Terrasse zu setzen. Hinter dem Horizont sahen wir die Sonne untergehen, was bei Katja zu einer Art Melancholie führte.

„Und, wie läuft`s mit Harry?", fragte sie unverhofft.

Ich druckste herum. „Na ja, ich weiß nicht recht, wie ich es dir sagen soll. Eigentlich ist er ja ganz nett, und verhält sich auch fast schon wie ein väterlicher Freund zu den Jungs. Andererseits ist er manchmal etwas merkwürdig. Ich werde einfach nicht so recht schlau aus ihm."

„Klingt spannend, lass mehr raus, Schwesterherz. Was ist denn so merkwürdig an ihm?"

„Er hat, wie soll ich sagen, überhaupt keine männlichen Bedürfnisse, wenn du verstehst, was ich meine?"

„Männliche Bedürfnisse? Du sprichst jetzt aber nicht von Sex, oder?"

„Doch, genau davon spreche ich. Hattest du schon mal einen Mann, der nie geil ist?"

Sie grinste wie ein Honigkuchenpferd. „Das ist ja der Hammer! Jetzt sag bloß, der will nie bumsen mit dir?"

„Genauso ist es aber. Wir sind jetzt seit über einem Jahr zusammen, und haben`s noch nie miteinander getrieben. Das gibt`s doch nirgends, außer bei Steinalten oder kranken Leuten. Das ist doch ein menschliches Grundbedürfniss, oder?"

„Absolut. Bei Männern eigentlich noch deutlich mehr, als bei uns Frauen. Die wollen doch ihr „Ding" in alles reinstecken, was bei drei nicht auf dem Baum ist."

„Ich hab schon alles versucht: Dessous von „Beate Uhse", Gespräche, und weiß der Geier was. Sogar ein gemeinsames Schaumbad miteinander, lehnt er ab."

„Hast du ihn schon mal beim Onanieren erwischt?"

„Auch nicht, völlig abnormal. Irgendwo muss er doch mal Dampf ablassen oder abspritzen. Das gibt`s doch gar nicht."

„Vielleicht hat er keine männlichen Hormone oder ist womöglich impotent. Hast du ihn mal gefragt?"

„Klar, da weicht er sofort aus und will das Thema wechseln."

„Kaum zu glauben, dass du dann überhaupt noch mit ihm

zusammen bist."

„Am Anfang dachte ich mir nichts dabei. Ich hoffte immer, das legt sich nach einigen Wochen. Dann wurden daraus einige Monate, und jetzt über ein Jahr. Man kann sagen, dass wir ungefähr wie Geschwister sind. Im Großen und Ganzen verstehen wir uns ja ganz gut, nur beim Intimen hakt`s halt völlig aus. Sozusagen, tote Hose."

„Vielleicht hat er „Eine" andere, und du bist so eine Art platonische Freundin von ihm?"

„Platonisch trifft bestimmt zu, aber ich glaube nicht, dass er eine Andere hat."

Katja fing auf einmal schallend an zu lachen. So laut, dass einige Fußgänger, die unweit der Terrasse vorbeiliefen, ihre Köpfe in unsere Richtung drehten. Ich musste zwar auch mitlachen, legte aber meinen Zeigefinger auf den Mund.

„Ich weiß, was du jetzt denkst, Katja."

„Logo, dass gleiche wie du: Der Kerl ist stockschwul."

„Das dachte ich auch mit der Zeit, habe aber ehrlich gesagt, nie irgendwelche Anzeichen dafür erkannt. Allerdings sehen wir uns auch nicht jeden Tag, er hat ja seine eigene kleine Wohnung, in Pfersee. Aber dort war ich ja auch schon ein paar Mal, nichts deutete dort im Geringsten auf Homosexualität hin. Keine Anrufe von fremden Männern, keinerlei Andeutungen oder Ähnliches bei seinem Verhalten."

„Wirklich sonderbar. Und wie geht`s weiter? Wie gedenkst du, den Zustand zu ändern?"

„Ich meine, man könnte den Zustand belassen, also platonisch, und ich suche mir einen anderen Liebhaber. So, wie ich ihn kenne, hätte er bestimmt nix dagegen. Andererseits würden mich meine Söhne für ein Flittchen halten und dafür wenig Verständnis aufbringen. Glaube kaum, dass die das akzeptieren würden, zumal ich bei denen, das nicht so rüberbringen könnte, wie bei dir jetzt."

„Das bezweifle ich auch. Und die Nachbarn und unsere Eltern flippen auch aus, die sind Erzkonservativ. Hast du eigentlich von Harry, äh… schon mal, äh… seinen Pimmel gesehen?"

„Ja, dreimal, obwohl er sich tunlichst damit ziert und geniert?"

„Und, wie ist er bestückt?"

„Mickrig!"

„Vielleicht geniert er sich aufgrunddessen? Mach`s nicht so spannend, Sara. Wieviel Zentimeter? So viel?" Sie zeigte mit Daumen und Zeigefinger eine Größenordnung.

„Das könnte passen. Höchstens fünf Zentimeter. Wie viel erigiert, weiß ich gar nicht, da ich ihn noch nie steif gesehen hab. Aber auch die kleinen Dinger können ja noch gut wachsen. Kam aber noch nie in den Genuss es zu sehen, geschweige denn, es je zu spüren."

Wir stießen mit unserem Prosecco wieder an und lachten dabei lauthals. Nach dem Schluck stellte sie ihr Glas ab, und griff mit ihrer rechten Hand in einen Beutel, den sie kurz zuvor aus dem Schlafzimmer geholt hatte. „Wie gefällt dir denn mein bester Freund, seit etwa fünf Monaten? Keine Angst, Felix schaut Fußball-Bundesliga an, der kommt jetzt ganz bestimmt nicht raus."

Sie holte einen fleischfarbenen Dildo mit gewaltigen Ausmaßen aus der Tüte. Eines erkannte ich sofort: Ich war noch nie mit einem Mann intim, der nur annähernd so einen großen Schwanz gehabt hatte. Ich legte meine Hand voller Erstaunen an den Mund. „Der ist ja riesig. Meine Güte, wo hast du denn den her?"

„Vom Orion-Versand. In einen Sexshop hab ich mich nicht getraut. Gefällt er dir? Hier, nimm ihn mal in die Hand."

Sie reichte mir das Riesenteil, und ich musterte es bewundernd. Ich drehte es mehrfach in der Hand und merkte, wie meine Muschi glitschnass wurde. Ich hätte niemals gedacht, dass so ein Ding mich so schnell erregen konnte.

„Und, fühlt sich doch gut an, oder?"

„Ja, wirklich. Du überraschst mich immer wieder, Schwesterherz."

„Ich benütze ihn seit ich ihn habe, also fast jeden Abend."

„Und „kommt`s" dir damit?"

„Aber Hola! Jedes Mal wenn ich ihn benütze, manchmal sogar mehrfach. Schau mal, hier kannst du anschalten." Sie drückte auf einen Knopf am Ende des Teils. Er begann langsam zu schwingen und zu vibrieren. Ein faszinierendes Schauspiel.

„Sag mal, ist der äh... nicht etwas zu groß? Ich bin eigentlich nicht weit gebaut. Wieviel Zentimeter hat der denn?"

„28 Zentimeter lang, 6 Zentimeter breit. Keine Angst, Sara. Ich führ ihn auch nicht ganz ein, bin schließlich auch nicht ausgeleiert. Mir ging es mehr um den Umfang, und um die feinen Noppen hier überall. Einmal ausprobiert, und du wirst wirklich süchtig danach. Teste ihn mal später, wenn dein Sohn schläft."

Sie können mir glauben: Das tat ich später tatsächlich. Dann wusste ich endlich, was ich mir in zwei Wochen zum Geburtstag wünschen würde. Und wenn ich mich damit selbst beschenken sollte, falls ich mich niemandem anvertrauen konnte.

Wozu gibt`s schließlich das Internet?

TEIL 6

Opfer-Suche

Augsburg 2008

Petra Berster war gefrustet. Immer kam sie nur an die bescheuertsten Männer. Das fing vor fünf Jahren an, als sie sich von einem Kerl schwängern ließ, der dann von ihr und ihrem Kind, das sie Sebastian taufte, nichts mehr wissen wollte, und dann nicht einmal den Unterhalt bezahlte, weil er wenige Monate nach Sebastians Geburt arbeitslos und ein Jahr darauf, erwerbsunfähig wurde.

Womit hatte sie das verdient?

Als hätte sich die ganze Welt gegen sie verschworen. Und wo sollte sie jetzt, als Durchschnittsfrau mit Ende dreißig und Kleinkind, noch einen vernünftigen Mann finden?

Im Internet?

In Cafe`s, Kneipen, Vereinen?

Oder vielleicht beim Einkaufen?

Wohl besser nicht, denn bei all diesen „Schauplätzen" war sie immer wieder auf die Schnauze gefallen. In schöner Regelmäßigkeit. Und ihre Freundin Claudia hatte sie eindringlich davor gewarnt, sich auf einer dieser Dating-Plattformen ein Profil anzulegen.

Blieb also nur noch eine Variante übrig. Eine altmodische, bei der aber schon ihre Mutter vor knapp vierzig Jahren Erfolg gehabt hatte: Eine Kontaktanzeige in der „Augsburger Allgemeinen"!

Die Zeitung gab`s seit über hundert Jahren. Sie hatte einen guten Ruf, war immer seriös, und trotz Internet und Tablethype, war die Auflage nach wie vor gut. Bei einer Leseranalyse des Verlags, wurde sogar ermittelt, dass sie zu den Auflagenstärksten Tageszeitungen der Republik gehörte, aufgrund ihrer immensen Reichweite und hoher Leserzahl.

Nur, was sollte sie schreiben?

Guter Rat war teuer. Sollte sie mit ihrer Freundin Claudia darüber sprechen? Nein, doch lieber in Eigenregie, und sie dann später damit überraschen, wenn sie die ersten – erfolgreichen – Dates gehabt hatte.

Es war einundzwanzig Uhr, und sie holte sich ein Blatt Papier und einen Kugelschreiber, währenddessen der Fernseher lief, mit einer neuen Bergdoktor-Folge.

Sebastian lag friedlich schlummernd in seinem Bettchen. Wenigstens war er ein Pflegeleichter Junge, der wenig Ärger verursachte. Fünf Minuten später, sah sie stolz ihren ersten Entwurf an:

„Flotte Sie, Ende dreißig, 173 cm, schlank,

naturverbunden, reiselustig, sucht gutsituierten

Mann zwischen 35 – 47 Jahren, Zuschriften

unter....................."

Dreimal las sie ihren Entwurf durch, dann machte sie noch eine Korrektur. Schließlich sollte eine wichtige „Kleinigkeit" auf keinen Fall verschwiegen werden.

Dann tippte Petra den Text auf der Online-Plattform der „Augsburger Allgemeinen" ein:

„Flotte Sie, Ende dreißig, 173 cm, schlank,

naturverbunden, reiselustig, mit fünfjährigem Jungen,

sucht gutsituierten und kinderlieben Partner,

Zuschriften unter.................

Sie war zufrieden mit dem Text. Ihr Kind durfte auf keinen Fall verschwiegen werden, es gab sie nur im „Doppelpack". Sie bestätigte die Eingabe, gab ihre Konto-Nummer ein und sandte den Auftrag ab. Mal sehen, was sie in Kürze per Post so alles bekam.

Augsburg, nach der Rückkehr aus Nesselwang

Nachdem ich am Sonntagabend mit Felix wieder in meiner Augsburger Wohnung eintraf, saß Harry an seinem Computer, mit einer großen Tasse Kaffee in der Hand. Er stand auf, drehte den Monitor etwas zur Seite, und gab uns ein Küsschen auf die Wange.

„Und, wie war`s meine Lieben?", fragte er.

„Gut, wie immer im Allgäu", antwortete ich.

„Na, hoffentlich verlegt ihr dann euren Wohnsitz nicht ganz zu den Allgäuern", meinte er mit einem schelmischen Augenzwinkern.

„Keine Angst, höchstens als Zweitwohnsitz. Und was hast du das ganze Wochenende getrieben?", fragte ich.

„Viel Arbeit", murmelte er vor sich hin, und setzte sich wieder vor seinen PC.

Na, ohne deine Arbeit wärst du ja nur ein armseliges, langweiliges Würstchen, dachte ich insgeheim. Felix war schon wieder in seinem Zimmer verschwunden, und ich schmiss meine Tasche ins Schlafzimmer.

Zum Verständnis: Harry und ich haben beide eigene Wohnungen. Ich habe ihm aber nach einem halben Jahr unserer „Beziehung", einen Schlüssel für meine Wohnung gegeben, weil ich genügend Vertrauen zu ihm hatte. Die Hauptinitiative kam aber dabei von ihm. Das hat auch vorwiegend einen „Bequemlichkeits-Grund", nämlich den, dass sein Arbeitsplatz – das Klinikum – nur einen Katzensprung von meiner Wohnung entfernt lag. Von seiner Wohnung, wären es vier Kilometer mehr gewesen, was auch im Augsburger Stadtverkehr, durchaus eine halbe Stunde mehr Zeit in Anspruch nehmen kann. Außerdem arbeitete er immer häufiger Schicht, und bei den Nachtdiensten war es sehr praktikabel für ihn, wenn er nur fünf Minuten Gehzeit zu seiner Arbeit hatte.

Von seiner zweiten „Beschäftigung", erfuhr ich erst jetzt in diesem Moment.

„Stell dir vor, Sara, ich habe eine neue Beschäftigung. Keine Angst, kein Arbeitsplatzwechsel, sondern eine neue Zusatz-Beschäftigung", ergänzte er schnell.

„Also, du überraschst mich immer wieder", antwortete ich. „Als ob du mit deiner Arbeit nicht schon genügend ausgelastet wärst. Was machst du denn noch?"

„Ich bin jetzt beim Roten Kreuz in Augsburg, als Chefarzt. Eine sehr gute, sinnvolle Beschäftigung."

„Da habe ich absolut keine Zweifel. Verdient man da gut, beim Roten Kreuz?"

„Sara", entgegnete er mir fast vorwurfsvoll, als könnte nur ich so eine naive Frage stellen, „diese Tätigkeit wird nicht bezahlt, die ist doch ehrenamtlich. Ich mach das doch nicht wegen der Kohle, sondern um anderen zu helfen."

„Ach so, Verzeihung für die dumme Frage", antwortete ich spöttisch. „Dann bist du ja gut aufgeräumt am Wochenende, und an deinen sonstigen freien Tagen."

Er ging nicht auf meine Ironie ein, sondern meinte nur: „Außerdem organisiere ich für das Rote Kreuz auch noch Ausflüge".

„Ausflüge? Welche Ausflüge", fragte ich überrascht.

„Ausflüge für benachteiligte Kinder aus schwierigen Verhältnissen. Auch diesen Kindern muss geholfen werden. Jemand muss sich doch um diese armen Geschöpfe kümmern. Und wer könnte das besser, als ich?"

TEIL 7

Dunkle Familien-Geheimnisse

Hannover, in den 1980ern

„Sitz endlich ruhig auf dem Stuhl, Rotzlöffel!"

Die aggressive Stimme gehörte seinem Vater, der mit weißem Unterhemd und schwarzer Unterhose, auf dem Stuhl saß, und seinen Sohn hasserfüllt anstarrte. Alle saßen beim Abendessen, und der kleine Bub wippte unruhig auf seinem Stuhl hin und her.

„Harry! Wie oft hab ich dir schon gesagt, du sollst nicht ständig mit dem Stuhl wippen?", sagte nun auch seine Mutter, die im geblümten Kleid rechts von ihm saß.

Bevor das letzte Wort verklungen war, spürte der Junge eine Faust auf dem Hinterkopf. Die Wucht des Schlages schmetterte ihn vom Stuhl auf den harten Holzboden. Sekundenlang blieb er wimmernd liegen, bevor seine Mutter endlich aufstand und ihn hochhob. Sie rieb dem Jungen die schmerzende Stelle, bevor sie selber plötzlich eine flache Hand im Gesicht spürte. Die Ohrfeige ihres Mannes riss ihr den Kopf zur Seite, und sie verlor das Gleichgewicht, sodass sie fast gemeinsam mit dem Jungen auf den Boden knallte. Mit Müh und Not konnte sie sich noch auf den Beinen halten.

„Wie oft hab ich dir schon gesagt, dass du dem Jungen anständig beibringen sollst, wie man vernünftig auf dem Tisch setzt, hä?"

„Hundertmal, Georg."

„Untertreib nicht, Schlampe. Bestimmt schon tausendmal, vielleicht auch schon hunderttausendmal. Und, ist es besser geworden?"

„Ja, es war schon schlimmer."

Erneut holte er aus, und schlug wieder zu. Diesmal klatschte seine Hand auf ihre andere Gesichtshälfte. Dabei gab er einen lauten Rülpser von sich.

„Hör endlich auf!"

Erstaunt sah er auf den Jungen, der ihn mit wütendem Gesicht anstarrte.

„Ich hör wohl nicht richtig. Hast du vielleicht was gesagt, Kleiner?"

„Ja, du sollst sie in Ruhe lassen!", sagte der Bub.

„Sei still, Harry", brachte seine Mutter mühsam hervor.

Doch es war schon zu spät. Er stand auf, zog sein Unterhemd über seinen kugelrunden Bauch und stieg in seine Pantoffel. Dann ging er in den Flur, wo die Garderobe stand, und nahm einen dreißig Zentimeter langen Schuhlöffel von der Wand. Er war so lang, weil er aufgrund seiner Figur und dicken Bauches, sonst nicht mehr in der Lage war, in seine Schuhe zu kommen. Er war aus Edelstahl und wog etwa fünf Kilo. Damit ging er wieder ins Esszimmer, wo verzweifelt Magda Schaller versuchte, sich schützend vor ihren

Sohn zu stellen.

„Georg, du hast mir versprochen, dass du ihn damit nicht mehr schlägst."

„Versprochen? Weißt du dumme Kuh eigentlich, was meine Versprechen wert sind? Einen Scheißdreck sind sie wert! Geh weg von ihm!"

„Lass ihn bitte, Georg. Es reicht doch, wenn du mich schlägst."

In der linken Hand hielt er den langen Schuhlöffel, mit der rechten schoss seine Faust nach vorn. Seine Knöchel trafen ihre Nase, sodass sie gegen die Wand schmetterte und langsam daran abrutschte.

„Lass sie in Ruhe, du ekelhaftes Schwein", schrie der Junge wie von Sinnen, und trommelte mit seinen kleinen Fäusten auf den Hundert-Kilo-Mann ein.

Der dicke Mann packte ihn mit der rechten Hand am Haarschopf, und drosch mit der anderen Hand mit dem Stahllöffel, wie mit einem Dreschflegel, auf den Jungen ein. Minutenlang holte er aus, und schlug wie ein Roboter mit der ständig gleichen Bewegung auf den kleinen Körper ein. Magda Schaller versuchte sich verzweifelt mit ihrer gebrochenen, blutigen Nase wieder aufzurichten.

„Hör auf, Georg! Du schlägst ihn ja tot", presste sie mit letzter Kraft hervor, während das Blut aus ihrer Nase auf den Boden tropfte.

„Halt`s Maul, Fotze! Schläge sind das Einzige, was dieser missratene Balg versteht."

Erst als das Kind regungslos am Boden lag, senkte er den Metalllöffel und legte ihn außer Atem auf den Tisch.

Seine Mutter kniete sich auf den Boden, und streichelte den Kopf des Jungen. „Mein Gott, Harry. Sag was. Bitte, sag doch was."

Aber der Junge lag – als wäre er eingeschlafen – liegen, und gab keinen Mucks mehr von sich.

„Du lieber Himmel, Georg. Du hast ihn totgeschlagen. Er bewegt sich nicht mehr."

Georg Schaller schritt seelenruhig zum Kühlschrank und holte sich eine Dose Bier heraus. Er zog den Verschluss auf, nahm einen langen Zug, und sah auf die beiden hinunter.

Auf einmal rannte Magda Schaller zum Telefon. Ihr Mann ahnte es jedoch, und packte sie an den langen Haaren.

„Du dusselige Kuh. Der Junge lebt, du brauchst nur mal seinen Puls anfassen, aber selbst für dass, bist du zu blöd, wie zu allem anderen auch."

Sie wand sich in seinem Griff, dabei zog er ihren Kopf nach hinten. Dann stieß er mit seinem Knie in ihren Rücken, dass sie laut aufstöhnte.

„Wie oft soll ich dir noch sagen: DER JUNGE LEBT! Er stellt sich wie beim letzten Mal nur tot, dass ich aufhöre. Geht das nicht in dein Spatzenhirn? Der Junge ist verhaltensgestört, aber nicht ganz so doof wie du."

„Wir müssen ihn aber verarzten, Georg. Wenn ihn morgen einer sieht mit den ganzen blutenden Wunden, kriegen wir Ärger. Dann wird sich bestimmt das Jungendamt einschalten und uns jemand aufsuchen. Seine Lehrerin und seine Mitschüler werden ihn drängen, die Wahrheit zu sagen. Es ist nicht erste Mal, dass sie ihn so sehen."

„Okay, kümmer dich um ihn, und dann leg ihn bäuchlings auf den Tisch."

„Was?" Panik und Entsetzen erfasste sie. „Was hast du vor, Georg?"

„Ich will ihn von hinten ficken!"

„Du bist wahnsinnig, Georg!"

Er nahm wieder einen Zug aus seiner Dose, und rülpste danach laut auf. Dann zog er seine Unterhose runter und stellte sich nackt vor sie. Sie sah ihn an, und hielt sich immer noch die Nase, die unaufhörlich blutete.

„Bitte Georg, reagier dich an mir ab. Lass um Gottes Willen den Jungen in Ruhe."

„Versprichst du mir, hier und heute, immer eine folgsame Ehefrau zu sein? Für immer und ewig? Überleg dir gut, was du sagst."

Sie wischte sich wieder ihre Blutstropfen ab, und antwortete: „Ja, Georg. Ich verspreche es dir."

„Gut. Du weißt was passiert wenn du lügst. Sag, dass du es weißt."

„Ich weiß es, Georg."

„Was passiert dann, Magda?"

„Du wirst mich töten, Georg."

„Richtig, und was passiert danach?"

„Du wirst Harry töten."

Er streichelte mit seinen Wurstfingern über ihr Gesicht, und nahm ihre andere Hand, die er zu seinem Schwanz führte. Dann flüsterte er ihr ins Ohr. „Kluge Frau. Du hast es anscheinend doch endlich kapiert. Wenn du je einen Ton gegenüber jemand anderem sagst, seid ihr fällig. Und danach werde ich euch zersägen und eure Körperteile im See versenken."

Sie nickte nur, während sie an seinem Penis spielte, der langsam anschwoll.

„Ich schwöre dir, dass ich anderen nie davon erzählen werde, was du mit uns gemacht hast."

„Brav, und jetzt blas mir einen. Aber gut, dass ich gleich komme, sonst zertrümmere ich deinen Kiefer."

Drei Monate später, wurde er nachts auf der Straße gefunden. Der Kopf war nur noch ein roter Brei, aus Hirnmasse, Haut, Blut und Knochen. Der Täter, der seinen Kopf mit einem Hammer zertrümmert hatte, wurde bis heute nie gefunden.

Augsburg, Sonntagabend bei Petra

Halb sieben abends, saß Petra Berster - nach dem Kaffeeklatsch mit ihrer Freundin - auf ihrer moccabraunen Ledercouch und sortierte die ganzen Zuschriften. Zehn Tage waren seit Erscheinen der Anzeige vergangen, und bis dato hatte sie siebenundfünfzig Zuschriften bekommen.

Zeit zu selektieren und auszumisten.

Nach einer Stunde, in der sie fast neunzig Prozent der Briefe – meistens aufgrund der vielen Fehler und nichtssagender Inhalte – aussortiert hatte, blieben im Endeffekt nur vier Brauchbare übrig. Den Rest legte sie wieder zurück ins Kuvert, und warf es dann zum Altpapier.

Die vier Zuschriften nahm sie genauer unter die Lupe. Einer war sehr attraktiv und legte gleich ein Foto in Badehose bei. Er war laut eigener Aussage, 38, 184 cm groß, 82 kg schwer und ledig. Von Beruf gab er „Bestatter" an. Erster Minuspunkt. Ein äußerst makabrer Beruf, von dem man leicht einen „Dachschaden" bekommen konnte. Zu viel Tote verwirrten die Psycho, hatte sie mal in einem Buch gelesen. Den Brief legte sie rechts ab, er war nur als „Ersatz" zu gebrauchen.

Der nächste Brief versprach noch etwas mehr. Alexander F. aus Königsbrunn, 42, 176 cm, Ingenieur, geschieden, drei Kinder zwischen sechs- und zwölf Jahren, die bei der Mutter lebten. Zwei Minuspunkte, trotz eines netten Fotos im Anzug. Erstens; Mögliche Unterhaltszahlungen an Frau und Kind, sowie viel Zeitaufwand, in der er möglicherweise, jedes zweites Wochenende mit seinen Kindern verbringen „musste". Nichts gegen seine Kinder, aber mit ihrem waren es dann vier, dass könnte megaanstrengend werden. Und auf Patchwork-Familie hatte sie keine große Lust. Zweiter, noch größerer Minuspunkt; die Größe! Da sie selbst schon 176 cm groß war, war ein gleichgroßer Mann eher negativ, da er allein schon optisch immer kleiner wirkte. Der Typ war ebenfalls – trotz schöner Schrift – nur als „Reserve" zu gebrauchen. Der Dritte wirkte auf den ersten Blick am interessantesten: Arzt, 36, 185 cm, ledig, gut situiert, kinderlos aber kinderlieb, ansehnliches Bild, dunkler Typ.

Heißer Kandidat!

Der Vierte war ein Thüringer, der aber seit sechzehn Jahren in Friedberg lebte. Von Beruf Programmierer, mit sehr vielfältigen Freizeitinteressen. Eventueller Nachteil, trotz eines attraktiven Bildes: Der – vermutlich – ätzende Thüringer Dialekt! So gut wie kein Ossi, kann seine Herkunft verleugnen, allein schon aufgrund des unüberhörbaren Dialekts. Am schlimmsten waren natürlich die Sachsen und Thüringer, Kati Witt und Jens Weißflog lassen grüßen. Weiterer Minuspunkt: Eventuelle Beziehungsunfähigkeit, da er keine Familie oder Kinder hatte, aber das war ja auch bei dem Arzt der Fall, dass dürfte man vielleicht nicht zu stark überbewerten. Manchmal spielten private oder Karrieregründe dafür eine große Rolle. Aber womöglich erwähnte er es nur nicht im Brief, manchmal wollten die Leute vielleicht nicht alles beim ersten Kontakt preisgeben. Somit blieben zwei mögliche „Kandidaten" für ein reales Treffen übrig. Beide gaben keine Festnetz-Nummer an, sondern nur ihre Handynummer. Im heutigen Handy-Zeitalter nicht unbedingt ungewöhnlich.

Sie trank ein Glas Wein auf ihrem Sofa und beschloss, beide in den nächsten sechzig Minuten zu kontaktieren. Sie trank hastig noch ein weiteres Glas, um sich Mut anzutrinken. Es war jetzt kurz nach neunzehn Uhr, und sie konnte es nicht mehr erwarten die erste Stimme zu hören. Allein die Stimme und die Aussagen des Typen, konnten schon einiges über ihn aussagen. Hoffte sie zumindest.

Sie nahm das Mobiltelefon in die Hand, und richtete bei den Einstellungen im Menü, die „Unterdrückung" der Nummer ein. Sicher ist sicher, dachte sie sich.

Der Verbindungsaufbau dauerte nach dem Wählen etwa zehn Sekunden, dann meldete sich eine dunkle Stimme.

„Ja, Volker Reichel." Es war der Thüringer.

„Hallo, Volker. Hier spricht die Petra. Sie haben mir auf meine Annonce geschrieben."

„Ah, ja." Sein Dialekt schimmerte hörbar durch.

„Überrascht?", fragte sie.

„Ja, etwas. Ich weiß nämlich nicht, auf welche Annonce. Ich hab nämlich, ehrlich gesagt, auf mehrere geschrieben. Deshalb müssen Sie mir bitte auf die Sprünge helfen."

„Auf wie viele Anzeigen haben Sie denn geschrieben?"

„Nur auf siebzehn."

Petra zuckte zusammen. Sie war kurz sprachlos.

„Bleiben Sie bitte dran, Petra! Es sind so viele, weil man als Mann so wenig Chancen auf eine Resonanz hat."

„Ach, so."

„Ja, das ist wirklich so. Sie haben bestimmt dutzende von Zuschriften bekommen, da ist es schwierig, in die engere Auswahl zu kommen."

„Na, wenn Sie das so sagen. Dann haben Sie bestimmt schon größere Erfahrungswerte, nehme ich an?"

„Ja, das stimmt."

„Und das heißt, konkret? Schreiben Sie schon lange auf solche Kontaktanzeichen?"

„Was heißt lange? Vielleicht sechs- bis sieben Jahre."

Petra legte drei Sekunden später auf.

Kandidat „gestorben". Blieb noch einer übrig. Nach dem ersten Schreck, wählte Petra zwei Minuten später erneut.

„Hallo, hier Harry Schaller", meldete sich eine frohgelaunte Stimme mit astreinem, hochdeutschem Dialekt.

„Hallo, Herr Schaller. Hier spricht die Petra. Oder, darf ich Harry sagen?"

„Natürlich, Petra. Mit wem habe ich die Ehre?"

Na, dass klang ja vornehm. „Sie haben mir auf meine Anzeige in der Augsburger Allgemeinen geschrieben. Erinnern Sie sich?"

„Natürlich, liebe Petra. Sie sind die Dame mit dem Kind, stimmt`s?"

Treffer! Der muss es sein.

„Genau. Ich würde mich gern mal mit Ihnen auf eine Tasse Kaffee treffen, Harry."

„Bei mir oder bei Ihnen?", fragte er lachend.

Ach, lustig ist er auch noch! Weiterer Pluspunkt.

„Das war nur ein Scherz, Petra", schob er schnell hinterher.

Als ob sie es nicht verstanden hätte. So ein Scherzkeks.

„Hab ich auch so verstanden, Harry." Sie wartete ab.

„Wo wohnen Sie denn, Petra? In Augsburg? Falls ja, treffen wir uns doch im Cafe Elsässer, neben dem Drogeriemarkt Müller in der Innenstadt. Kennen Sie das Cafe?"

„Ich wohne in Augsburg und kenne das Cafe natürlich. Es hat ja einen exzellenten Ruf, schon seit vielen Jahren. Guter Vorschlag, Harry? Wann?"

„Dienstag oder Donnerstag?"

„Dienstag wäre super. Welche Uhrzeit? Sie müssen bestimmt lang arbeiten, oder?" Ärzte haben doch häufig Überstunden, dachte sie.

„Ich bin angestellt, müssen Sie wissen. In der Regel komm ich meistens gegen 17.30 Uhr aus der Klinik, außer es gäbe einen Notfall. Ich würde vorschlagen, 18.30 oder 19.00

Uhr? Das Cafe hat, soviel ich weiß, nur bis 21.00 Uhr geöffnet."

„Da liegen Sie falsch, Harry. Ich war erst vor kurzem mit einer Freundin drin, es schließt bereits um 20.00 Uhr, also wäre 18.30 Uhr ideal, dass wir ein bisschen Zeit zum Plaudern haben. Neunzig Minuten sollten doch fürs Erste reichen zum „Beschnuppern", oder? Ansonsten können wir ja einen Stellungswechsel machen", sagte sie verschmitzt.

„Genau. Dann lieg ich unten, und Sie sitzen oben, Petra", kicherte er hörbar.

Petra lachte auch, obwohl sie fürs erste Telefonat die Aussage sehr grenzwertig fand. Aber Männer waren bekanntlich immer zu haben, vor allem für Scherze „unterhalb der Gürtellinie". Weil seine Aussprache und seine Stimme sehr sympathisch klangen, nahm sie ihm das allerdings nicht weiter übel.

„Genau, so machen wir`s ", gab sie deshalb gut gelaunt zurück.

„Und, ist Ihr Sohn auch dabei, Petra?"

„Mein Sohn?"

„Ja, Sie haben doch einen Sohn, oder?"

„Davon stand aber nichts in meiner Anzeige, Harry. Wie kommen Sie darauf?"

„Das habe ich nur geraten."

„Erstaunlich, weil nur „kinderlieb" in meiner Annonce stand. Respekt für Ihre Intuition, aber Sie haben tatsächlich recht. Ich habe einen Sohn."

„Wie alt ist er denn?"

„Fünf, in sieben Wochen wird er sechs."

„Ein tolles Alter!" antwortete er fast entzückt.

„Finden Sie?" Sie ersparte es sich – vorerst – zu fragen, warum er denn keine Kinder hatte.

„Petra, ich glaube, wir werden hervorragend zusammenpassen. Ich liebe Kinder über alles, müssen Sie wissen, vor allem Jungs."

TEIL 8

Das Profil

Augsburg, April 2010

Ein weiterer Missbrauchs-Fall versetzte die Region erneut in helle Aufregung. Wieder war ein siebenjähriger Junge auf dem Heimweg von der Schule von einem Fremden angesprochen worden, und mit ihm mitgegangen. Der Fremde betäubte ihn in einem Keller eines Wohnhauses in dem Stadtteil Haunstetten. Dort ließ ihn der Täter verstört zurück, bis ihn der Hausmeister am späten Nachmittag fand, und sofort die Polizei verständigte. Die Beamten kamen mit einem Team, bestehend aus vier Mann der Spurensicherung, zwei Kommissaren und drei uniformierten Polizisten.

An der Kleidung des Jungen, wurde eine verwertbare Spur in Form eines Haares zur DNA-Analyse entdeckt. Am Mittwochmorgen um zehn Uhr, berief der zuständige Polizeidirektor Seewald eine sofortige Sitzung ein, um eine neue SOKO zu gründen, mit dem Ziel, den Täter schnellstmöglich zu fassen.

Die Polizeidirektion Schwaben Nord, ist das zuständige Präsidium für die Stadt und den Landkreis Augsburg, sowie für die Landkreise Aichach-Friedberg, Dillingen und Donau-Ries. Der Zuständigkeitsbereich der Direktion umfasst eine

Fläche von 4066 qkm mit über 850.000 Einwohnern. Die südliche Hälfte des Regierungsbezirks Schwaben wird von Kempten aus geleitet.

Das Polizeipräsidium Schwaben Nord hatte 2011 mit einer Aufklärungsquote von 68,8 % bayernweit das mit Abstand beste Ergebnis – der bayerische Durchschnitt betrug im selben Jahr 63,9 %. In der Stadt Augsburg betrug die Aufklärungsquote sogar 70,7 %. Im Präsidiumsbereich wurden im Jahr 2011 41.696 Straftaten verfolgt, was gegenüber dem Vorjahr mit 44.652 Fällen eine Abnahme um 6,6 % bedeutete.

Es gibt im Präsidium sechzehn Polizeiinspektionen, eine Polizeistation, zwei Kriminalpolizeiinspektionen, zwei Verkehrspolizeiinspektionen und eine Autobahnpolizeistation für ein Ballungsgebiet von etwa 450.000 Einwohnern. In dem zuständigen Gebiet sind circa 1650 Beamte beschäftigt sowie knapp über 200 Angestellte und Arbeiter.

Trotz der imposanten Bilanz, die Präsident Seewald ständig Belobigungen von Innenminister Hermann einbrachte, war er stinksauer. Wenn der Täter weiter in seinem Zuständigkeitsbereich wilderte, würde es nicht nur die Bilanz bei der nächsten Jahresstatistik verhageln, sondern die Augsburger Region würde zunehmend bundesweit in die Schlagzeilen kommen, aber leider nur im negativen Sinne.

„Meine Herren", begann er mit einem kurzen Klopfen auf die Tischplatte, „ich habe heute diese außerordentliche Besprechung einberufen, um unseren Ruf als sichere, schwäbische Metropole beizubehalten. Wenn dieser perverse Kinderschänder hier weiter ungestraft weitermacht, gilt

Augsburg bald als Hochburg der Pädophilen. Das gilt es zu verhindern, so schnell es geht. Wenn wir unsere unaufgeklärten Fälle in den letzten fünf Jahren betrachten, ist zu mutmaßen, dass der Täter mindestens achtmal – eventuell noch öfter – zugeschlagen hat. Aufgrund der Spuren und – zugegebenermaßen – spärlichen Zeugenaussagen, konnten wir trotzdem ein gewisses Profil erstellen. Damit wir über das heikle Thema „Pädophilie", noch mehr erfahren, hab ich heute, Herrn Günther Watzke, eingeladen. Er ist Kriminalhauptkommissar aus Hannover, und hat dort für das Land Niedersachsen, vorwiegend in den letzten fünfundzwanzig Jahren, im Bereich Missbrauch gearbeitet. Und zwar sehr erfolgreich. Der zweite Grund ist der, das es in einer ähnlichen Serie im Raum Hannover, Parallelen zu unseren Fällen zu geben scheint.

„Inwiefern?", fragte Kommissar Zirngibl.

„Die DNA stimmt zweifelsfrei überein", antwortete Watzke. „Wir haben das aufgrund von Haaren und Fasern miteinander verglichen. Das ist erst seit kurzem möglich, weil es bis 2009, keine bundesweite Vernetzung unserer Datenbanken gab. Aufgrund eures aktuellen Falles, wo das Haar jetzt entdeckt wurde, ergab es nun einen Treffer."

„Was sagt uns das?", fragte Kommissar Belge. „Das der Täter im gesamten Bundesgebiet wütet? Oder nur zwischen Bayern und Niedersachsen hin- und herpendelt?"

„Weder noch", meinte Watzke. „Die Serie der Übergriffe ist in Hannover seit vielen Jahren zum Erliegen gekommen. Das heißt, der Täter ist vermutlich nach Bayern übergesiedelt, warum auch immer. Die DNA von ihm wurde in den

1990er Jahren gespeichert. Etwa ab 1995, gab es keine weiteren Übergriffe mehr – zumindest in Hannover – von ihm. Allerdings gibt es eine kleine Unwägbarkeit: Es gab nach wie vor weitere Missbrauchsfälle, wo wir aber keine verwertbaren Spuren finden konnten."

„Es ist also durchaus möglich, dass er bei euch in Niedersachsen weiter aktiv ist oder war, sowie auch in unserer Region?", fragte Zirngibl.

„So könnte es sein", bestätigte Watzke. „Das hieße im Umkehrschluss, „unser" Täter ist in beiden Bundesländern aktiv, weil das beruflich oder privat bei ihm so möglich ist. Vielleicht ist er Handelsvertreter oder ähnliches, deshalb pendelt er zwischen diesen beiden Bundesländern umher."

„Kaum zu glauben", meinte Seewald. „Ein astreiner Serientäter, also?"

„Sieht so aus. Es gibt noch eine weitere Möglichkeit", sagte Watzke.

„Welche?", fragte Zirngibl.

„Er hat zwei Wohnsitze", antwortete Watzke. „Er könnte beispielsweise in Augsburg wohnen und arbeiten, und alle paar Wochen verschlägt es ihn wieder nach Hannover."

„Also, er führt ein Doppelleben", erwiderte Belge. „Er könnte in Augsburg arbeiten, aber seine Frau oder Familie wohnt in Hannover, wo er vielleicht auch geboren wurde."

„Durchaus möglich", bestätigte Watzke. „Wahrscheinlich zieht ihn seine Frau, Kinder, Eltern oder sonst irgendwas immer wieder nach Hannover. Vielleicht fühlt er sich nach den Übergriffen dort wieder sicherer, weil ihn nie jemand mit den Taten in Bayern in Verbindung bringen würde. Aber wie bereits erwähnt; Wir haben in den letzten Jahren keine DNA mehr von ihm gefunden. Entweder, er war bei uns nicht mehr aktiv, oder ist extrem vorsichtig geworden. Sie dürfen nicht vergessen, dass etwa ein Drittel solcher Missbrauchsfälle, der Polizei gar nie gemeldet wird. Vor allem die, die sich unmittelbar im Familiären Bereich abspielen. Es könnte aber auch so sein, dass jetzt sowohl seine Familie, als auch sein Beruf, mit der Augsburger Region dermaßen verankert ist, dass er seine „Besuche" in Hannover längst eingestellt hat. Wie Sie vorher bereits erwähnten, war er vielleicht als Jugendlicher oder Junger Mann in Hannover, und jetzt ist er privat und beruflich voll in Augsburg integriert, sodass es keine Veranlassung mehr für ihn gibt, nach Hannover zu reisen."

„Dann könnte man etwa annehmen, dass unser gesuchter Mann, etwa zwischen Mitte dreißig- und Mitte vierzig ist", schlussfolgerte Belge.

„Das nehme ich stark an", bestätigte Watzke. „Ich vermute, dass er einen verantwortungsvollen Beruf hat, vielleicht sogar ein Ehrenamt, und von seinen Bekannten und Kollegen hoch geschätzt wird. Zur weiteren Eingrenzung des Profils, sollten Sie auch den Unterschied, der verschiedenen Arten von „Pädophilie" wissen. Ist Ihnen das allen bekannt, meine Herren?" Er sah in die anwesende Runde.

„Was meinen Sie, mit „verschiedenen Arten"? Kinderschänder ist doch Kinderschänder. Alle Kinderschänder sind doch pädophil, oder?" fragte Zirngibl.

„Da liegen Sie leider falsch, werter Kollege", entgegnete Watzke. „Nicht jeder Kinderschänder steht automatisch nur auf Kinder. Die Kinder werden oft auch von Tätern missbraucht, die normalerweise nur auf Erwachsene gepolt sind. Eine Studie der Uni Regensburg kam letztes Jahr sogar zu dem Schluss, dass sechzig Prozent der wegen sexueller Übergriffe auf Kinder Inhaftierten keine Pädophilie aufwiesen. Ein aktuelles Beispiel: Der alkoholkranke Stiefvater oder der Sextourist."

„Und wie ist der „andere" pädophile Typ?", fragte Belge.

„Lassen Sie mich etwas weiter ausholen, meine Herren", antwortete Watzke. „Pädophilie" ist ein griechischer Begriff und bedeutet „Liebe zu Kindern". Das war damals, als der Begriff immer häufiger im Sprachgebrauch war, nicht unbedingt sexuell gemeint. Heute verwenden wir den Begriff aber für Erwachsene, die sich sexuell zu Kindern hingezogen fühlen und durch sie erregt werden. Wenn sich Menschen von früh an sexuell ausschließlich für Kinder interessieren, spricht von sogenannten KERNPÄDOPHILEN."

„Und unser Täter ist so einer?" fragte Seewald.

„Stark anzunehmen", bekräftigte Watzke und wartete vergeblich auf Beifall.

„Das heißt, er könnte in einer eheähnlichen Gemeinschaft leben, bei der sexuell gar nichts läuft, weil es ihn nicht anmacht? Die Befriedigung holt er sich dann ausschließlich bei den Kleinen, in unserem Fall, den Buben."

„So sieht`s aus."

„Okay", meinte Belge. „Jetzt sind wir zwar klüger, aber was

bringt uns dieses Wissen jetzt bei der Tätersuche?"

„Viel, weil wir jetzt den Täterkreis entscheidend eingrenzen können", meinte Watzke.

„Und wie?", fragte Zirngibl und kratzte sich am Kopf.

„Unser Täter ist, wie von Ihnen bereits vermutet, im Gesundheitswesen tätig. Das heißt, wir müssen alle, die in dieser Branche arbeiten, zu einem DNA-Test zwingen."

„Wissen Sie, wie viel in dieser Branche nur in Augsburg arbeiten?", fragte Belge.

„Bestimmt zwei- bis dreitausend. Grenzen wir sie auf die vermutete Alters-Zielgruppe ein, bleiben davon höchstens noch zwanzig Prozent übrig."

„Das hieße aber, bestimmt noch weit über vierhundert Männer", meinte Seewald, um sich wieder ins Gespräch zu bringen.

„Korrekt, Herr Präsident.", erwiderte Watzke. „Das sollte es uns aber doch wirklich wert sein, oder?"

„Alles schön und recht", sagte Zirngibl, „aber es wird nicht funktionieren."

„Warum nicht?", fragte Watzke verärgert.

„Weil so ein Massengentest nur auf freiwilliger Basis möglich wäre, weil er rechtlich – zwangsweise – nicht durchsetzbar ist. Fragen Sie bei der Staatsanwaltschaft nach, die werden Ihnen das im Paragraphendeutsch vorlesen. Außerdem ist es Datenmissbrauch, wenn wir von den ganzen Beschäftigten, die Namen und Adressen wollen. Übrigens, wer sagt uns denn, dass der Täter nicht in der Pharmazie oder als Zulieferer tätig ist? Schon jemand, der nur als Fahrer eilige Arzneimittel ausfährt, könnte an solche Betäubungsmittel kommen."

„Ja, das stimmt. Ich glaube, dass wird noch ein mühseliger Fall für uns", meinte Belge. „Aber, wie die meisten Täter, wird auch dieses Schwein noch einen Fehler begehen. Aber, Sie könnten uns noch über was anderes aufklären, Kollege Watzke."

„Über was denn?"

„Gibt es auch weibliche Pädophile?"

Augsburg - Zentrum

Petra Berster konnte es kaum noch erwarten. Es war kurz vor halb sieben, und sie saß bereits seit fünfzehn Minuten im Cafe Elsässer. Draußen war es bereits schattig und kühl, und im Cafe waren nur noch zwei der neun Tische frei.

Jeden Mann, der den Eingang betrat, taxierte Petra genau. Bis jetzt war noch keiner dabei, der annähernd Harrys Aussehen hatte. Hoffentlich versetzte er sie nicht.

Mit sieben Minuten Verspätung kam er dann: Dunkler Typ, mit schwarzem, kurzen Haar und erkennbarem Haarausfall, 185 cm groß, vielleicht um 1 - bis 2 Zentimeter bei der Größe übertrieben, etwas zu großer Nase, und leicht kräftiger Statur. Mit Sicherheit kein Mann, bei dessen Aussehen eine Frau sofort schwach wurde, aber eine solide, sympathische Erscheinung mit strahlend braunen Augen und schönen, weißen Zähnen. Schließlich musste man „die Kirche im Dorf" lassen: Auch sie war nur eine Durchschnittsfrau mit gewöhnlichem Gesicht, gut fünf Kilo zu viel auf den Rippen, Fältchen um die Augen und kleinem Busen. Kein Typ Frau, der die Männer sofort hinterherblickten und flirten wollten. Sie winkte hastig von ihrem Stuhl, und er kam mit großen

Schritten auf sie zu.

„Verzeihung, Petra", keuchte er außer Atem. „Ich fand keinen Parkplatz, da musste ich umständlicherweise bis zum Karstadt-Parkhaus, einen halben Kilometer von hier. Und dann noch bis ins fünfte Deck hoch, das kostete ganz schön Zeit." Er drückte ihr sanft die Hand, die warm und weich war, und sah ihr dabei tief in die Augen.

„Kein Problem, ich bin auch erst gerade gekommen", log sie, obwohl sie schon länger saß.

Er winkte der Bedienung und bestellte eine Cola. „Was arbeiten Sie denn, Petra?", fragte er spontan, kaum, dass er eine Minute saß.

„Was halten Sie denn davon, wenn wir uns duzen, Harry?", stellte sie gleich eine Gegenfrage.

„Gute Idee, dann ist die Konversation bestimmt unkomplizierter", erwiderte er.

„Glaube ich auch. Also, ich bin eine ganz einfache Verkäuferin bei einem Discounter?"

„Aldi?"

„Möchte ich jetzt noch nicht sagen. Aber sowas in der Richtung."

„Und wer kümmert sich während deiner Arbeitszeit um das Kind, Petra?"

Sie fand, er war schon ganz schön neugierig. „Er geht in den Kindergarten. Wenn ich nicht da bin, bringt ihn meine Mutter hin und holt ihn. Sie wohnt nur hundert Meter von mir entfernt."

„Welch ein Glück."

„Das kannst du laut sagen. Ohne meine Mutter wär ich ganz schön aufgeschmissen."

„Ist sie noch rüstig?"

„Und wie! Sie springt mit sechsundsechzig noch locker in zwei Stunden auf`s Nebelhorn."

„Nebelhorn? Was ist das? Ein Berg?"

„Man merkt, du bist vermutlich selten in den Allgäuer Alpen. Das Nebelhorn ist ein beliebter Ski - und Wanderberg in Oberstdorf, mit etwa 2200 Meter Höhe. Jetzt sag aber bloß nicht, dass du Oberstdorf nicht kennst, sonst bekommst du einen dicken Minuspunkt."

„Kenn ich", antwortete er hastig. „Ich war schon öfter in der Breitachklamm und an der Skiflugschanze, mit meinen Kindern. Auch die Therme ist bei den Kleinen beliebt."

„Deinen Kindern?", erwiderte sie perplex. „Ich dachte, du hast keine Kinder?"

„Sorry. Ich hab mich falsch ausgedrückt. Ich meinte, unsere Kindergruppen vom Roten Kreuz."

„Das Rote Kreuz hat Kindergruppen? Da hab ich ja noch nie was davon gehört."

„Eigentlich inoffiziell."

„Was soll das heißen?"

„Wir haben vor einigen Monaten darüber im Verband mal diskutiert, wie wir sozial benachteiligten Kindern helfen könnten. Da kamen ich und einige Kollegen darauf, dass wir organisierte Ausflüge anbieten sollten. Man muss dazu nicht unbedingt Mitglied beim Roten Kreuz sein. Die Eltern oder Alleinerziehende zahlen nur einen kleinen Unkostenbeitrag für den Bus und eventuelle Eintritte. Die Betreuung übernehmen wir dann gratis."

„Und du bist einer dieser Betreuer?"

„So sieht`s aus."

„Hast du dann überhaupt noch Zeit für eine Partnerin? Ich meine, du arbeitest Vollzeit und dann noch zusätzlich dieser „Nebenjob" in deiner Freizeit."

„Nebenjob hört sich furchtbar an, es ist ja nur eine schöne ehrenamtliche Beschäftigung. Außerdem finden diese Ausflüge, maximal einmal im Monat statt. Nur in den Sommerferien werden mehr angeboten."

„Du musst wissen, ich bin auch eine unternehmenslustige Frau. Ich will mit meinem Partner viel unternehmen und erleben."

„Klar, dass ist kein Problem. Ich habe genügend Zeit für sowas. Ich habe zweimal Spätschicht im Monat, da hab ich dann tagsüber immer viel Freizeit. Und bei gelegentlichen Wochenenddiensten, habe ich danach vier Tage am Stück frei."

Petra wunderte sich zwar etwas, über dieses „Arbeitszeitmodell", gab sich aber mit der Antwort zufrieden. Es war jetzt kurz nach halb acht, und das Cafe war mittlerweile bis auf den letzten Platz besetzt.

Nachdem Petra sich den dritten Cappuccino bestellt hatte,

raffte sie sich zu einer Frage auf, die sie unbedingt wissen musste, obwohl sie eigentlich beim ersten Date nicht zu neugierig sein wollte. Aber es brannte ihr auf den Nägeln, und irgendein Gefühl zwang sie fast dazu.

„Äh… Harry. Wie sah es denn bei dir bisher, mit äh… Beziehungen so aus?"

„Wie meinst du das?"

„Na, du bist doch ein gutsituierter, fleißiger Mann. Und zudem noch sehr kinderlieb. Warum hast du eigentlich noch nie …?"

„Geheiratet, meinst du?"

„Genau."

„Warst du denn schon verheiratet, Petra?"

„Ja, einmal. Aber es hat leider nicht funktioniert."

„Das tut mir leid. Vielleicht hab ich es deshalb noch nicht getan."

„Wie meinst du das?"

„Na, es scheitern doch heutzutage so viele Ehen. Bestimmt hatte ich bisher unbewusste Ängste, die mich davon abgehalten haben. Du würdest vielleicht Intuition sagen."

„Aber das kannst du doch so nicht sagen, du hast es ja noch nie probiert."

„Stimmt."

„Würdest du es denn noch tun wollen?"

„Heiraten?"

„Ja."

„Eventuell", meinte er.

„Also, wenn die Richtige käme, würdest du ihr auch einen Antrag machen? Mit kirchlicher Hochzeit, und allem Drum und Dran?"

„Warum nicht?", erwiderte er. „Möchtest du denn noch einmal vor den Traualtar?"

„Wenn der Richtige käme, bestimmt."

„Und wann erkennst du, ob es der „Richtige" ist?"

„Bauchgefühl."

„Und du glaubst, du könntest nie daneben liegen?"

„Klar, jeder liegt mal daneben im Leben", meinte sie. „Aber das Bauchgefühl ist trotzdem das Entscheidende."

„Apropos Bauchgefühl. Damit es nicht zu ernst wird. Darf ich dir, zum Thema „Gefühl", einen kurzen Witz erzählen?"

„Schieß los!", erwiderte Petra grinsend.

Er nahm einen großen Schluck seiner Cola und legte los:

„Treffen sich Mann und Frau zum zweiten Mal zu einem Date. Schon nach einer Minute sagt die Frau zu dem Mann: „Werner, irgendwie werde ich das komische Gefühl nicht los, dass du dich nur mit mir treffen willst, um mit mir zu schlafen!" Sagt der Mann völlig entrüstet: „Gabi, dass stimmt nicht. Ich wollte dich doch nur besser kennenlernen. Ich bin nicht so ein Typ, der das so schnell will."

Nach einer weiteren Minute fängt die Frau erneut an: „Werner, ich werde leider das dumpfe Gefühl nicht los, dass du mich nur bumsen willst." Langsam wird der Mann stinksauer und knurrt etwas aufgebracht: „Gabi, jetzt reicht's aber wirklich. Wie oft soll ich dir noch sagen, dass ich dich nicht schnackseln will? Was hältst du denn eigentlich von mir?" Daraufhin steht die Frau auf, stellt sich vor ihn hin und meint: „Bums mich bitte sofort Werner, damit ich dieses komische Gefühl endlich loswerde!"

Harry brüllte selbst so laut vor Lachen, dass alle im Cafe den Kopf zu ihrem Tisch drehten. Petra grinste nur gequält, und hätte am liebsten das Gesicht in ihren Händen vergraben. Entweder war der Typ wirklich ein absoluter Witzbold, oder er hatte nicht mehr alle Latten am Zaun. Langsam hatte sie ihre Zweifel, ob der Mann überhaupt Arzt war. Nachdem er sich wieder beruhigt hatte, fragte sie ihn: „Äh... Harry, in welcher Klinik bist du eigentlich Arzt, und mit welchem Fachgebiet?"

„Ich bin seit drei Jahren im Zentralklinikum. Dort wurde vor etwa einem Jahr eine große Kinderabteilung eingerichtet, deshalb nennen wir es eigentlich auch Kinderkrankenhaus, obwohl es nur in den Gebäudekomplex integriert ist. Warum fragst du? War dein Sohn schon einmal dort?"

„Nein, Gott sei Dank nicht. Nur reine Neugierde. Dein Dialekt klingt so gar nicht schwäbisch oder bayerisch. Woher stammst du eigentlich?"

„Ich bin gebürtig aus Niedersachsen, aus der Nähe von Hannover. Warum, findest du, der Dialekt ist so schlimm?"

„Nein, ganz und gar nicht, du sprichst ja auch keinen richtigen Dialekt. Wollte nur dein Motiv wissen, warum es dich, beziehungsweise deine Familie, in den Süden verschlagen hat?"

„Das hatte mehrere Gründe: Erstens bin ich gern in Bayern. Zweitens starb mein Vater, als ich so alt war wie dein Sohn. Drittens sind hier die Arbeitsbedingungen und Löhne viel besser als in Niedersachsen. Allerdings hab ich die Kontakte zu meiner Heimat nicht komplett abgebrochen. Bin nach wie vor mindestens einmal im Jahr in Hannover, um meine Mutter zu besuchen, oder meinen besten Freund zu treffen. Meistens gegen Weihnachten, weil meine Mutter sehr einsam ist."

„Wohnt sie allein in Hannover?"

„Na, ja. Nicht ganz, sie wird betreut."

„Wo?"

„In einer Pflegeeinrichtung."

„Geschwister hast du keine mehr, die sich um deine Mutter kümmern?"

„Leider, nein."

„Schade."

„Finde ich auch. Hätte gern einen Bruder, oder noch lieber eine Schwester. Wir würden uns bestimmt gut verstehen.

Vielleicht hätte es ja geklappt, wenn mein Vater nicht so früh gestorben wäre. Meine Mutter wäre damals noch im besten Alter für eine Schwangerschaft gewesen."

„Hat deine Mutter niemanden mehr gefunden? Gab`s nach deinem Vater, keinen anderen Mann in ihrem Leben?"

„Soviel ich weiß, nicht. Nach dem Tod meines Vaters ist sie anscheinend nie darüber hinweggekommen. Als ich sieben war, steckte man mich zu meiner Tante – der Schwester meiner Mutter – nach Friedberg. Die hat mich eigentlich dann großgezogen, deshalb habe ich auch in Augsburg die Schule besucht und hier das Abitur gemacht. Nach dem Medizinstudium bin ich dann natürlich hier geblieben. Und bei dir, Petra? Hast du noch einen Vater?"

„Nur meine Mutter. Mein Vater starb leider letztes Jahr an Bauchspeicheldrüsenkrebs. Meine Mutter ist, wie ich vorher erwähnte, noch sehr vital, Gott sei Dank. Entschuldigung, ich bestelle noch einen Käsekuchen und einen Latte Macchiato. Willst du auch noch was, Harry?"

„Ja, ein Radler."

Petra winkte der Bedienung und Harry fuhr fort: „Ich hätte gern noch eine vitale Mutter, dann wäre sie bestimmt oft hier bei mir."

„Kann sie nicht mehr gehen? Ist keine Zugfahrt hierher möglich? Es gibt doch sicher eine flotte ICE-Verbindung."

„Kann schon sein, aber wie gesagt, sie wird betreut."

„In einer Seniorenresidenz?"

„Nein, äh... in so einer Art Anstalt."

„Anstalt?"

„Ja, für Leute mit Burnout, Depressionen und allgemeiner negativer Stimmungslage."

„Also, eine Art Pflegeheim?"

„Eigentlich heißt es, Psychiatrie."

Petra, die ihren Käsekuchen zwischenzeitlich erhalten hatte, blieb fast der Bissen im Hals stecken. Sie sah dem Mann intensiv in die Augen. Was musste der arme Junge, damals alles mitgemacht haben?

„Hatte dein Vater auch Krebs, Harry?"

„Nein, äh... Straßenräuber haben ihn überfallen. Er hat sich davon nicht mehr erholt."

„Mein Gott, wie grauenvoll! Er wurde also ausgeraubt und dabei angegriffen?"

„Ja, so kann man es sagen. Er hat aber den Überfall nicht überlebt."

Petra zitterte die Hand mit der Gabel. „Um Gotteswillen! Warum?"

„Er wurde totgeschlagen. Man hat ihm mit dem Hammer, den Schädel zertrümmert!"

TEIL 9

„Kriegsrat"

Augsburg, Staatsanwaltschaft

Polizeipräsident Seewald suchte das Büro des Staatsanwalts auf, das gegenüber vom Präsidium lag. Telefonisch hatte er ihn bereits vorab informiert, und deshalb wartete Staatsanwalt Ölschläger mit einer vollen Kanne Kaffee auf ihn. Sie arbeiteten bereits seit fünf Jahren zusammen.

Als sie sich im Büro des Staatsanwalts gegenübersaßen, schenkte ihnen Ölschlägers Sekretärin die Tassen voll, und stellte eine Schüssel Kekse auf den Tisch. Als sie mit einem Lächeln im Gesicht eilig wieder verschwand, fragte Seewald: „Herr Ölschläger, ich habe ja bereits telefonisch angedeutet, was ich brauche."

„Eine Genehmigung, für diese Gentest-Aktion?"

„Ja, so schnell es geht."

„Soll ich Ihnen ehrlich sagen, was ich davon halte?"

„Gern."

„Ein utopischer Vorschlag, den Ihnen dieser Herr…, wie hieß er doch gleich?"

„Hauptkommissar Watzke."

„Watzke, genau. Eine realitätsfremde Idee dieses Mannes."

„Warum?"

„Überlegen Sie doch mal. Nur weil der Täter Betäubungsmittel einsetzte, muss er noch lange nicht aus dem medizinischen Spektrum kommen."

„Aber könnte."

„Könnte, Könnte..." Er verzog missmutig das Gesicht. Fritz Ölschläger war Ende fünfzig, untersetzt und schnaubte wie ein Pferd. „Weil euch jetzt das Arschwasser kocht, kommt ihr auf die verrücktesten Ideen. Haben Sie schon mal daran gedacht, dass der Täter auch in Landsberg oder sonst wo wohnen könnte, und das Zeug aus dieser Region bezieht? Vielleicht ist Augsburg ja nur sein „Revier", in dem er auf der Suche nach diesen Buben ist."

„Alles ist möglich."

„Na, sehen Sie. Wir würden einen Mega-Aufwand betreiben mit dem ganzen Krankenhaus-Personal, und dann kommt der Täter womöglich ganz woanders her. Die Presse und diese ganze Medien-Bagage, würden uns nur auslachen, bei solch einer Aktion. Ich habe keine Lust, mich für dieses Vorgehen lächerlich zu machen. Sie kennen den Fall Ihres Vorgängers Brambach noch? Vor sieben Jahren haben wir in Donauwörth damals ähnliches gemacht, aufgrund des Todesfalls der kleinen Natalie. Und später stellte sich heraus, dass der Täter aus Bregenz stammte, und nur durch Zufall von den Österreichischen Kollegen geschnappt wurde."

„Ich weiß, aber es ist ein Strohhalm, an den man sich klammern könnte. Wenn wir gar nichts tun, steigt uns bald die ganze Bevölkerung aufs Dach. Sogar RTL berichtet schon über die Fälle. Die Eltern und Angehörigen der Opfer flippen auch bald aus, und die Eltern in der Stadt werden auch immer hysterischer, je mehr davon berichtet wird."

„Mag sein. Trotzdem kein Grund, jetzt unsinnige Aktionen anzuleiern."

„Was schlagen Sie vor, Herr Ölschläger?"

„Diese ganzen Übergriffe ereignen sich alle tagsüber, wir müssen die Polizeipräsenz massiv verstärken. Die ganzen Schulen müssen besser betreut und überwacht werden. Fast alle Taten haben sich in unmittelbarer Nähe irgendwelcher Schulen ereignet. Vielleicht sollten wir auch Beamte in Zivil dort Streife gehen lassen."

„Unmöglich."

„Warum?"

„Fehlendes Personal. Viele unserer Mitarbeiter schieben eh schon hunderte von Überstunden hinter sich her. Ich kann sie nicht noch stärker belasten. Und eine Personalaufstockung ist frühestens für nächstes Jahr angedacht vom Innenminister."

„Ach, und dieser angedachte Massen-Gentest ist kein Personalaufwand? Hunderte von Pfleger und Ärzte zum Speicheltest zu bitten? Sowas funktioniert nur auf freiwilliger Basis, und dann käme höchstens nur die Hälfte. Wären die anderen, die nicht kämen, dann alle verdächtig?"

„Durchaus."

„Quatsch. Es ist ja nicht mal sicher, dass die Altersgruppe

stimmt, in die ihr den Täter steckt. Wer sagt denn, dass der Typ nicht schon fünfzig ist?"

„Aber die Zeugenauss..."

„Scheiß Zeugenaussagen! Von kleinen Kindern und einer alten Frau, die sich kaum an das Geschehene erinnern können? Lächerlich! Sie haben doch bereits gehört, dass dieses Betäubungsmittel, das Erinnerungsvermögen stark trübt."

Seewald bereute es schon, mit diesem Vorschlag überhaupt erst angetanzt zu sein. Ölschläger hatte recht, es war alles viel zu schwammig, von dem was sie bisher wussten. Nur, sollten sie wieder bis zum nächsten Übergriff warten? Nachdem sich Ölschläger am spärlichen Kopfhaar gekratzt hatte, fuhr er fort: „Herr Seewald, es ist jetzt vielleicht auch nicht gerade der genialste Vorschlag, aber wir könnten uns doch auch an „Aktenzeichen XY" wenden? Die sind doch sehr erfolgreich. Möglicherweise meldet sich da ein Zeuge, der sich noch nicht getraut hat. Vielleicht lockt ihn die Aussicht auf eine hohe Belohnung?"

„Eine Möglichkeit, die aber bestimmt zu lange dauert."

„Warum?", fragte Ölschläger.

„Viele Polizeidienststellen versuchen ebenfalls dort Unterstützung zu bekommen, aber nur drei von hundert Anfragen werden überhaupt berücksichtigt. Vom Antrag bis zum Ergebnis der Anfrage, könnten Monate verstreichen. Die Sendung läuft ja nur alle vier Wochen."

„Stimmt, aber versuchen könnten wir es ja, oder?"

„Gern, wenn Sie möchten. Und kurzfristig, was gibt`s da für

Möglichkeiten?"

„Streifen in Zivil an den Grundschulen, sofern sie ein paar Uniformierte einsetzen können. Verkehrsüberwachungen können Sie wieder intensivieren, wenn wir den Täter endlich geschnappt haben. Die Lehrer sollten wir vielleicht auch besser sensibilisieren", meinte Ölschläger.

„Machen wir bereits, zuzüglich weiterer Warnungen und Vorträgen an allen Schulen."

„Prima", meinte Ölschläger.

„Wäre es nicht sinnvoll, die Eingänge und Pausenhöfe der Schulen mit Kameras zu überwachen?"

„Besser nicht, Herr Seewald. Wir bewegen uns dort rechtlich in einer Grauzone. Das ist eigentlich gar nicht zulässig, dass wissen Sie. Wir müssten zuerst alle Erziehungsberechtigte und Lehrer um Genehmigung fragen."

„Der Zweck heiligt die Mittel."

„Lassen Sie es lieber, bevor uns die Eltern und Pädagogen noch unnötig Ärger machen. Außerdem geschahen ja alle Übergriffe außerhalb der Schulen. Der Täter folgt ihnen immer auf dem Nachhauseweg, oder quatscht sie auf Spielplätzen oder Hinterhöfen an, da nützen auch keine Kameras an den Schulen."

„Womöglich beobachtet er sie sogar mit einem Fernglas vom Auto oder anderen Gebäuden aus?"

„Alles möglich, Herr Seewald."

Beide hielten kurz inne, bis Staatsanwalt Ölschläger die Stille brach. Er nahm sich aus der Schublade seines Schreibtisches eine Schachtel Zigaretten heraus, steckte sich eine in den Mundwinkel, ohne sie jedoch anzuzünden.

„Eine Idee schwirrt mir noch durch den Kopf", meinte Klaus Ölschläger auf einmal, und spielt dabei an seiner Zigarette.

„Welche?", fragte Seewald und sah ihn erwartungsvoll an.

„Ich rauch draußen schnell meinen Glimmstengel, dann unterbreite ich Ihnen meinen Vorschlag", erwiderte er, stand abrupt auf und verließ fast fluchtartig den Raum. Zurück ließ er einen verdutzten Polizeipräsidenten.

Königsbrunn, Königstherme

Es herrschte viel Trubel an diesem nasskalten Tag im November. Vorwiegend Jugendliche und Kinder tummelten sich auf den Rutschen und in den Becken des Erlebnisbades.

Natascha Pfennigstorf, war mit ihrem Sohn Paul, sowie den Nachbarskindern Torsten und Ben, auf dem Weg zur beliebtesten Therme und Sauna der Region. Von Kaufering im Landkreis Landsberg bis nach Königsbrunn, waren es knapp dreißig Kilometer. Natascha Pfennigstorf fuhr mit ihrem Ford Fiesta recht gemächlich, weil aufgrund des starken Regens, der Scheibenwischer kaum noch die dicken Tropfen beiseiteschieben konnte. Endlich konnte sie die erweiterte und vergrößerte neue Saunaanlage testen. Schon am vollbesetzten Parkplatz ahnte sie, dass das Bad brechend voll sein würde. Unter der Woche, waren meistens nur ein Drittel, der fast tausend Parkplätze belegt.

Als Natascha mit den Buben den Eingangsbereich betrat, setzte sich der Trubel fort, wie sie bereits befürchtet hatte. An den Kassen gab es dreireihige Schlangen von bis zu fünfzig Metern Länge. Wenn sie es den Kindern nicht schon seit

Tagen versprochen hätte, wäre sie am liebsten wieder umgedreht und abends allein hergekommen.

Aber es gab kaum Alternativen: Das nächste, einigermaßen taugliche Bad, war in Neusäß, circa zehn Kilometer nördlich von Augsburg. Und südlicher in Bad Wörishofen, war die Therme zwar größer und schöner, aber um fast das doppelte teurer. Sie war als einziges Elternteil dabei, dass die Kinder wenigstens die Möglichkeiten hatten, hierher zu kommen. Zum Radeln war es schon ein langwieriges Stück, und bei dem Regen den Kindern auf keinen Fall zuzumuten. Und Busse fuhren am Sonntag so gut wie keine.

Paul war ihr eigener achtjähriger Sohn, und Benjamin und Torsten die Nachbarskinder, mit denen er häufiger spielte. Die Eltern der beiden Buben, hatten keine Lust und Zeit gehabt, und beknieten sie, die Jungs doch mitzunehmen. Mit Paul alleine wäre es einfacher gewesen, den konnte sie nach einer Stunde mit in die große Saunalandschaft nehmen. Mit den anderen beiden ging das nicht, sie hatten für das Schwitzen kein Interesse, und außerdem waren zu viele Kinder in diesem Alter, nicht gern in der Sauna gesehen. In der Regel waren sie zu quirlig und redselig, für die ruhesuchenden und schwitzenden Saunagänger.

„Mami, ich kann ja später trotzdem noch zu dir in die Sauna kommen. Die anderen beiden, können sich ja auch mal mit sich selbst beschäftigen", meinte der kleine Paul selbstbewusst, als sie noch in der langen Schlange vor der Kasse standen.

„Klar, ich seile mich nach gut einer Stunde ab, und du kommst zwanzig Minuten später nach", erwiderte seine vierunddreißigjährige Mutter. Sie wusste, dass die Dampfsauna und das Tepidarium auch ihrem kleinen Sohn gefielen.

„Die können derweil in der Cafeteria, Pommes futtern", ergänzte er, schmatzend und Kaugummikauend.

„Oder, zu den Rutschen rüber", erwiderte sie.

Nach fast einer Dreiviertelstunde war es dann soweit. Sie bekamen endlich die Tickets und konnten das Drehkreuz passieren.

„Gehen wir in die Familienumkleide, dann verlieren wir uns nicht", sagte sie zu den Jungs, obwohl sie wusste, dass die anderen beiden Kids sich genierten, sich vor anderen Leuten auszuziehen. Eigentlich wäre auch ihr Mann Heiko mit, aber der winkte sofort ab, als sie ihn gestern danach fragte.

„Ich bin doch nicht verrückt, bei dem Trubel in das Bad zu gehen, die trampeln sich ja gegenseitig auf den Füßen rum. Wir gehen lieber mal für uns am Abend, dann haben wir wenigstens unsere Ruhe", meinte er.

Und als Aufsicht für die Kinder, hatte er erst recht keine Lust. Die Jungs waren ihm angeblich zu schwirig und unfolgsam. So blieb nur ihr die undankbare Aufgabe, mit den Buben hierherzugehen.

Zuerst tollte sie mit den dreien im Nichtschwimmerbecken, bevor sie in den Strömungskanal gingen, um sich vom Wasser treiben zu lassen. Nach einer Stunde schnappte sie sich ihre Badetasche, stieg in ihre Badeschlappen und sagte zu den Jungs: „Okay, ihr wisst Bescheid, ich bin jetzt für gut anderthalb Stunden in der Sauna droben. Verhaltet euch anständig, nicht das mir irgendwelche Klagen zu Ohren kommen. Verstanden?"

„Logo", kam es wie aus einem Munde zurück.

Dann ging sie los und winkte noch kurz ihren Sohn Paul zu sich. „Paul, du weiß Bescheid. Pass auf das Handy auf, das ich dir gab. Das gehört deinem Vater. Wenn du es verlierst, zahlst du es mit deinem Taschengeld."

„Klar, Mami."

„Sollte irgendwas passieren, rufst du mich sofort an. Geh ich nicht hin, sitze ich beim Schwitzen in der Kabine. Ich sehe dann später deine Nummer und ruf dich sofort zurück."

„Verstanden."

„Gut, also bis später. Und wenn du zu mir kommst, lässt du das Handy bei einem der beiden."

„Klaro, bis gleich."

Dann steckte sie ihm noch einen Zehner in die Hand und lief los.

Fünf Minuten später zog sie ihren Badeanzug aus, und ging in die heiße 90 Grad-Sauna. Die Saunalandschaft war ein Stockwerk höher nur erreichbar, durch das Passieren des Drehkreuzes, in dem die Chipkarten reingesteckt werden mussten. Auch in der großzügigen Anlage – mit mittlerweile acht Saunen – war es gerammelt voll. Als sie die Kabine betrat, bekam sie mit Müh und Not noch einen Platz, nur weil drei Männer in der untersten Sitzbank eng zusammenrückten. Sauna war für Natascha seit über zehn Jahren nichts

Neues mehr. Sie ging öfter allein – oder gelegentlich mit Heiko – ins kleinere Lechbad bei Kaufering, und einmal monatlich mit ihrer Kollegin Sigrid nach Bad Wörishofen. Als sie nach dem fünfzehnminütigen Gang duschte, und sich danach in den Ruheraum begab, bekam sie gerade noch eine Liege ab, weil ein alter Mann sich aufraffte, um seinen nächsten Saunagang anzutreten. Als sie sich nach dem hinliegen den Kopfhörer ins Ohr steckte, machte sie es sich auf der gepolsterten Liege mit einer dicken Decke bequem, und schlief trotz Musikberieselung gleich ein.

Irgendwann, sie wusste nicht mehr, nach wieviel Minuten, schreckte sie durch eine Lautsprecherdurchsage auf. Sie hörte angestrengt hin, weil der Ton des Lautsprechers nur durch das gekippte Fenster zu hören war, welches für die Frischluftzufuhr sorgte.

„Achtung! Frau Natascha Pfenningstorf, wird sofort gebeten, sich beim Bademeister in seiner Kabine, neben dem großen Becken zu melden. Achtung! Frau Pfenningstorf, kommen Sie bitte unverzüglich zum Bademeister. Es gibt einen Notfall!"

Königstherme, fast zeitgleich

Ich weiß nicht, warum ich mich dazu überreden ließ, ausgerechnet an einem verregneten Sonntag, in die Königstherme zu gehen. Eigentlich muss man dazu ja ziemlich bescheuert sein, wenn einem an so einen Tag nichts Besseres mehr einfällt. Wahrscheinlich dachten die meisten der circa dreitausend Besucher, genauso wie wir, anders ließ sich der Andrang nicht mehr erklären. Ich ließ mich von meiner Cousine Gudrun dazu überreden, die auch schon bessere Vorschläge gemacht hatte, nur leider nicht an diesem Tag. Die Temperaturen waren in den letzten Tagen regelrecht in den Keller gerauscht, was aber für den Monat November, nicht unbedingt ungewöhnlich ist. Gerade einmal fünf Grad zeigte die Anzeige des Armaturenbretts an, als wir in Augsburg losfuhren. Sicher, ich hätte mich auch von meinem Sohn Felix, dazu überreden lassen können, mit ihm ins Kino zu gehen. Aber lieber noch die warme Therme mit toller Saunalandschaft – und übervollen Kabinen – ertragen, als Popcornfressende Kids, zwei Stunden neben sich zu haben. So spendierte ich meinem Sohn lieber den Eintritt ins Kino, und er ging mit einem Kumpel hin, sodass ich mit Gudrun saunieren gehen konnte. Um kurz nach elf, holte mich Gudfun mit ihrem knallgelben Opel Astra ab, der von weitem wie ein Postfahrzeug aussah. Gut, dass Gudrun und ich, weitestgehend die gleichen Freizeitinteressen hatten, dann brauchte man nicht unbedingt einen Mann zu jeder Unternehmung an seiner Seite. Wobei wir auch schon mal in der Erdinger Therme, penetrant angemacht wurden. Aber Gudrun ist eine coole und schlagfertige Lady, und verwies den Typen in die Schranken. Nur was Männer betraf, gingen unsere Geschmäcker weit auseinander, deshalb gab es auch nie irgendwelche Eifersüchteleien. Wir waren in den letzten Jahren schon dutzende Male in der Königstherme gewesen, aber meistens erst abends nach achtzehn Uhr. Schon beim Andrang an der Kasse, bestätigten sich unsere schlimmsten Befürchtungen: Hunderte von Menschen in allen Altersgruppen standen wie wir, am Eingang – teilweise im Freien – und hofften, dass sie bald im Warmen waren. Wenn wir – wie normal üblich – unter der Woche gingen, gönnten wir uns auch mal häufiger ein Cleopatra-Bad oder eine Wellness-Massage, aber heute war nur Sauna angesagt, weil wir keine Termine für Anwendungen mehr bekamen. Als wir endlich den Kassenbereich passierten konnten, war es bereits fast 13 Uhr. Zwanzig Minuten dauert – in der Regel – die Autofahrt von Augsburg nach Königsbrunn, gewartet haben wir fast dreimal solange an der Kasse, an diesem trübseligen Tag. In der Sauna setzte sich der Trubel fort. Glücklicherweise bekamen wir noch zwei Liegen ab, an der Fensterseite des Ruheraums. Der Saunabereich liegt eine Etage höher, als die darunterliegende - dreimal so große - Bäderlandschaft. Wir machten dass, was eigentlich keiner tun sollte, die meisten aber doch immer taten: Wir legten unsere Handtücher mit den Taschen auf die Ruheliegen, damit sie nach dem Saunagang nicht belegt waren. Unzählige Schilder wiesen zwar darauf hin, dass gerade nicht zu tun, aber scheinbar interessierte es niemanden der Saunagäste, uns natürlich auch nicht.

Irgendwann, kurz vor 15 Uhr, lag ich friedlich schlummernd, auf meiner gepolsterten Liege beim Dösen, als mich plötzlich Gudrun am Handgelenk drückte. Wie von der Tarantel gestochen, fuhr ich hoch, und sah sie wütend an: „Mensch Gudrun, ich träumte gerade, ich wäre auf einer einsamen Insel, und drei gutgebaute Männer verwöhnen und liebkosen mich. Was ist denn los? Willst du schon wieder einen Gang machen?"

„Hast du eben die Lautsprecherdurchsage gehört?"

„Nein, warum? Sollte ich? Ich döse und träume lieber." Dann drehte ich mich wieder zur Seite.

„Hey Sara, das klang nach einem Notfall. Eine Frau Pfennigstorf wurde eben aufgefordert, zum Bademeister zu gehen. Die kenn ich! Die arbeitet mit mir beim Marktkauf."

Ich drehte mich wieder zu ihr. „Bist du sicher, es gibt doch bestimmt noch mehr mit diesem Namen?"

„Ganz sicher nicht. Sie war immer stolz darauf, dass ihre Familie die Einzigen sind, die im Raum Augsburg so heißen."

„Ach, und deshalb willst du jetzt zum Bademeister gehen?"

„So sieht`s aus. Vielleicht ist ihrem Kind was passiert, es hörte sich auf jeden Fall danach an. Ich schau mal nach."

„Na, wenn du meinst. Nimm dein Handy mit, falls es was von Bedeutung sein sollte. Notfalls sende mir eine SMS, ich komm dann gleich runter, aber nur, wenn`s wirklich wichtig ist."

„Okay, mach ich."

Dann stieg sie in ihre knallroten Badeschlappen, und trabte in ihrem schneeweißen Bademantel davon. Ich drehte mich zur Seite, und versuchte wieder einzuschlafen. Hoffentlich kam nicht gleich wieder so eine nervende Durchsage. Aber es kam noch schlimmer: Keine drei Minuten, nachdem Gudrun gegangen war, piepte es, und ich sah auf dem Display, dass sie mich anrief.

„Ja, Süße, was gibt's?", murmelte ich schlaftrunken.

„Komm sofort runter, Sara!" Ihre Stimme klang so laut und scharf wie bei einer Militärparade anlässlich der Queen.

„Warum? Was ist passiert?"

Sie klang fast hysterisch. „Komm endlich, verdammt noch mal! Dass musst du sehen."

„Wohin soll ich kommen?"

„Beim großen Schwimmerbecken siehst du schon den Menschenauflauf. Gleich daneben, ist die Kabine des Bademeisters, da steh ich."

„Soll ich gleich kommen?", fragte ich.

„Nein, morgen", erwiderte sie spöttisch.

„Schon gut", beruhigte ich sie, „ich geh gleich los."

„Hoffentlich, du glaubst es sonst nicht, wenn ich`s dir am Handy erzähl."

Dann beendeten wir das Gespräch und ich steckte mein Handy in die Bademanteltasche. Ich zog meinen Mantel und meine Schlappen an, und lief zügig zur Schranke, die den Bäder vom Saunabereich abgrenzte. Ich war nicht die Einzige, die auf einmal unterwegs nach unten war. Zahlreiche andere Saunagänger machten das Gleiche. Typisch, neugierige Gaffer, dachte ich mir beim Gehen. Eine Minute später, traute ich tatsächlich meinen guten Augen nicht mehr, was ich da auf einmal so vor mir sah.

Und mitten im Getümmel, ein mir wohlbekanntes, männliches Gesicht.

Was machte der denn hier?

Beim Bademeister

„Lassen Sie mich zu dem Jungen, ich bin Arzt!", schrie ein Mann in die riesige Menschentraube, die dicht gedrängt vor der Kabine des Bademeisters stand, und zusah, wie ein kleiner Junge brüllte, als hätte ihm jemand ein Messer in seinen schmächtigen Körper gerammt.

„Durchlassen, verdammt noch mal!", brüllte auch der dunkelhaarige Mann noch lauter, um sich Gehör und Platz zu verschaffen. Dabei drängte er mit seinen stark behaarten Armen, die Menschen fast gewaltsam zur Seite. Kurz nachdem ich das Drehkreuz passiert hatte, blieb ich wie angewurzelt auf der Treppe stehen, als ich das Geschehen unter mir betrachtete. Ich hatte von hier oben, einen wesentlich besseren Blick auf das Geschehen, als unten die neugierige Menschenhorde, deshalb sah ich mir das Ganze lieber - erstmal - mit besserer Perspektive an. Mir bot sich ein merkwürdiger Anblick, auf einen – wie am Spieß – schreienden Jungen, der begafft wurde, wie ein Affe im Zoo. Eine große Gaffermeute – bestimmt fünfhundert Personen – versuchte, wie bei einem Autounfall, einen Blick auf einen schreienden Jungen zu werfen. Warum der Junge schrie, war mir in diesem Moment überhaupt nicht bewusst. Vielleicht wurde er von jemandem geschlagen oder hatte sich irgendwo angestoßen? Die Entfernung zwischen dem schreienden Jungen und mir, betrug ungefähr achtzig Meter Luftlinie. Verzweifelt versuchte der blonde Bademeister, den Jungen zu beruhigen, aber er wusste anscheinend nicht so recht, wie. Ich sah, dass neben Gudrun, die sich bis zum Kind irgendwie durchgemogelt hatte, eine wietere Frau stand. Ich vermutete mal, ihre vorher erwähnte Kollegin, mit diesem sonderbaren Namen.

Diese wirkte aber, im Vergleich zu Gudrun, erstaunlich ruhig, was die Vermutung nahelegte, dass es sich nicht um ihr eigenes Kind handelte. Normalerweise flippen Mütter nämlich regelrecht aus, wenn ihrem Kind was passiert. Das kannte ich auch von meinen eigenen Kindern, wie bei Felix, als er mit vier Jahren – beim Spazieren – in den Lech fiel, als er eine Ente füttern wollte, und ein beherzter Jogger ins eiskalte Wasser sprang, und ihn wieder an Land zog, während ich schreiend und zitternd am Ufer stand.

Dann entdeckte ich rechts neben der Frau, noch zwei weitere kleine Kinder. Vielleicht Geschwister oder Freunde des anderen? Dann hatte sich der Mann endlich durchgedrängt, der vorher geschrien hatte, dass er Arzt sei. Im Vergleich zu den anderen, kannte ich den Mann, obwohl ich erst dachte, ich befand mich noch immer in meinem Sauna-Traum. Mein „platonischer" Freund. Harry!

Therme, wenige Minuten danach

„Was ist mit dem Kleinen?", fragte Harry Schaller den sichtlich überforderten Bademeister, und die Frau daneben, die dem Jungen über das Haar strich.

„Vermutlich wurde er geschlagen", meinte der blonde Bademeister, der Jürgen Hofer hieß. Er war Mitte dreißig, 1,80 groß und mit muskulöser, gebräunter Figur.

„Wissen Sie mehr?", fragte Schaller die Frau, die stumm neben dem Jungen stand, und anscheinend über den Lautsprecher gerufen wurde. Dann traf ihn fast der Schlag, denn eine andere Frau stand auf einmal neben ihm. Er kannte sie nur flüchtig vom Sehen: Gudrun Resch, die Cousine von Sara! Eine der Frauen, die ihn nicht mochten, warum auch immer. Sie sah ihn nur flüchtig an und nickte knapp.

„Ich weiß es nicht genau", stammelte Natascha. „Mein Sohn hat gesagt, dass ein Mann sich äh... Benjamin genähert hat."

„Wie genähert?", fragte Schaller und sah sie skeptisch an. „Ist es gar nicht ihr Sohn?"

„Nein, mein Sohn steht hier", antwortete sie, und deutete

auf einen Jungen, der hinter ihr stand. Daneben stand noch ein etwas älterer Junge, der den anderen um einen halben Kopf überragte.

„Die beiden Jungs sind Freunde meines Sohnes, sowie die Kinder unserer Nachbarn. Gelegentlich unternehmen wir etwas gemeinsam, so wie heute", ergänzte sie hastig. „Ich lag in der Sauna und hörte auf einmal die Lautsprecherdurchsage. Dann bin ich sofort hierher gerannt. Mein Sohn meinte, ein fremder Mann hat sich Benjamin körperlich angenähert. Ich weiß aber nicht, was er konkret gemacht hat. Benjamin hat auf einmal zum Schreien angefangen, dann sahen ihn die anderen, als er weinend am Boden kauerte. Den Rest kennen Sie ja."

„Merkwürdig", meinte Bademeister Hofer. „Der Mann muss doch von anderen gesehen worden sein. Aber es scheint keine Zeugen zu geben." Er zuckte mit den Schultern.

„Ja, wirklich sonderbar", pflichtete ihm Harry Schaller bei. „Der Junge hat anscheinend keine Verletzungen, zumindest ist nichts zu entdecken". Er näherte sich dem Kleinen, und sah ihn von vorn und hinten an. Der Junge drehte sich zur Seite und schluchzte weiter.

„Wir sollten besser die Polizei informieren. Was meinen Sie?", fragte Natascha Pfennigstorf, und blickte fragend den Bademeister an.

„Das macht doch keinen Sinn. Wir wissen ja noch nicht einmal, was mit dem Jungen passiert ist", meinte Schaller. „Vielleicht hat dieser Mann, Benjamin nur angerempelt, dabei hat sich der Junge zu Tode erschreckt?"

„Natascha, du solltest die Polizei anrufen. Der Junge muss befragt und genau untersucht werden", mischte sich auf einmal Gudrun ein, die sich dafür einen bösen Blick von Schaller einfing.

„Zur Erinnerung: Ich bin Arzt!", knurrte dieser sie mit bösem Blick an. „Der Junge hat keinerlei Verletzungen, dass sieht doch ein Blinder. Womöglich hatte er Streit mit einem der anderen Jungs, oder wurde vielleicht unabsichtlich gestoßen. Lächerlich, deshalb gleich die Polizei anzurufen. Sie wissen doch als Mutter, dass…?"

Er zögerte und verstummte auf einmal.

„Was soll ich wissen?", meinte Natascha argwöhnisch, und sah ihm dabei in die Augen.

„Manchmal können auch Kinder untereinander, sehr grausam sein!", erwiderte Harry Schaller.

Ich hatte genug gesehen. Da ich nicht hören konnte, was unten geredet wurde, beschloss ich, runterzugehen. Ich musste wissen, was dort genau abging. Irgendwie hatte ich ein mulmiges Gefühl bei dem seltsamen Szenario.

Als ich mich wenige Sekunden später, Richtung Bademeister durchdrängte, sah mich Harry und wirkte völlig perplex, obwohl ich ihm gestern gegenüber erwähnt hatte, das ich mit Gudrun in die Therme gehen wollte.

„Hallo, Harry", sagte ich.

„Hey, Sara", erwiderte er. „Dachte, ihr entspannt in der Sauna oben?"

„Dachte, du bist mit deiner Kindergruppe bei einem Ausflug?", stellte ich ihm sofort die Gegenfrage.

„Das ist der Ausflug. Hier! Die Kinder wollten bei dem Scheißwetter unbedingt hierher."

Wir hatten uns zuletzt vor achtundvierzig Stunden getroffen und gestern nur telefoniert. „Bei dem gestrigen Telefonat sagtest du doch, ihr wolltet in den Skyline-Park?", fragte ich."

„Das war auch so geplant, aber das Wetter hat uns einen Strich durch die Rechnung gemacht. Glaubst du vielleicht, dass macht den Kleinen Spaß, bei dem ekelhaften Sauwetter in einen Freizeitpark zu gehen? Die toben sich doch viel lieber, hier aus. Nicht nur du, hast es gern warm und gemütlich", entgegnete er vorwurfsvoll mit ernster Miene.

Ich erwiderte nichts darauf und nickte nur. Manchmal war er mir ein Buch mit sieben Siegeln. Ich beschloss, die Polizei anzurufen, nachdem es hier anscheinend keiner für nötig hielt. Warum, war mir schleierhaft. Aber dem Kleinen hatte bestimmt jemand was angetan, da war ich mir sicher. Und der Täter war noch hier, in unmittelbarer Nähe. Nennen Sie es Intuition, aber ich spürte es. Und trotz der Wärme des Bades, begann ich zu zittern.

Polizei Augsburg, einen Tag danach

Polizeipräsident Seewald saß – kurz vor 9 Uhr – mit den anderen Kommissaren und Staatsanwalt Ölschläger, im Besprechungsraum der Kripo Augsburg. Zehn Minuten später, stieß auch die Polizeipsychologin dazu, die auf Wunsch von Seewald, sich ausschließlich um den kleinen Benjamin – aber auch um seine beiden Freunde – kümmern sollte. Nachdem die Polizei in der Königstherme wieder abgezogen war, nahmen sie nach Rücksprache mit den Eltern, Benjamin im Beisein seiner Mutter mit, um ihn von Dr. Peter Wiesheu untersuchen zu lassen, einem renommierten Mediziner, der sich häufig um verprügelte oder verletzte Opfer kümmerte. Er war sowohl als Gerichtsmediziner, als auch als Arzt, für die Kripo Augsburg tätig. Die Untersuchung fand im Beisein der Psychologin und Mutter des Kindes statt. Yvonne Geiser, die Psychologin, hatte sich abends noch eingehend mit dem Jungen – nach der Untersuchung – beschäftigt. Sie legte ihre Aktentasche ab, grüßte in die Runde und nahm Platz. Sie trug einen türkisfarbenen Hosenanzug und hatte ihr langes, dunkles Haar hochgesteckt. Sie war Anfang vierzig und extrem schlank, als ob sie unter Magersucht litt. Womöglich hatten ihr die vielen schrecklichen Fälle, mit denen sie zu tun hatte, schon häufig den Appetit verdorben.

Es war mucksmäuschenstill im Raum, als sie fast andächtig in die Männerrunde blickte. Alle warten gespannt auf ihre Ausführungen, auch der Staatsanwalt hatte sich dafür extra Zeit genommen.

„Also, meine Herren", begann sie. „Wie von Ihnen allen sicherlich vermutet, wurde auch der kleine Benjamin, Opfer eines sexuellen Übergriffs."

„Sicher?", fragte Kommissar Belge, der dies angesichts der Menschenmassen in der Therme, kaum glauben konnte.

„Absolut", bekräftigte Yvonne Geiser. „Der Mann hat versucht, sich in einer Zone, die eigentlich vorgesehen ist für Mütter, an dem Jungen zu vergehen. In der Nische, wo es passierte, ist in der Regel auch bei vollem Bad, nicht allzu viel los, da sie nur von jungen oder junggebliebenen Müttern genutzt wird."

„Warum?", fragte Zirngibl überrascht.

„Man merkt, dass sie selten in solchen Thermen sind, Herr Kommissar", antwortete sie. „Auch bei Frauen mit Babys, sind solche Bäder sehr beliebt, da sie außer Plantschbecken und Spielecken, auch Wickelzonen bieten."

„Und in solch einer Wickelzone, hat der versuchte Übergriff stattgefunden?", mutmaßte Watzke.

„Korrekt. Diese Zonen sind verwinkelt und leicht abgeschottet, damit die Mütter in aller Ruhe ihre Babys wickeln können. Da sich meistens nicht allzu Mütter mit Babys dort aufhalten, sind diese Bereiche meistens schwach oder gar nicht frequentiert. Das wusste unser Täter und hat das für sich ausgenutzt."

„Was hat der Junge da hinten gemacht?", fragte Präsident Seewald.

„Er war auf der Suche nach einer Toilette. Deshalb ist er dort suchend umhergeirrt und der Täter sah ihn dabei."

„Oder der Täter ist ihm unauffällig gefolgt?", stellte Edgar Belge fest.

„Möglich, dass konnte der Junge nicht beantworten. Der Täter hat ihm von hinten aufgelauert, und presste ihm ein Tuch mit Chloroform auf den Mund."

„Chloroform?", fragte Watzke nach.

„Genau, dass hat Dr. Wiesheu zweifelsohne festgestellt. Anscheinend hat sich der Täter aber mit der Wirkung vertan."

„Inwiefern?"

„Es gibt unterschiedliche Arten dieses Mittels, dass wissen sie ja. Der Täter hat eine schwache Dosis benutzt, in der Meinung, dass reicht aus. Anscheinend war der Junge nur sehr kurz betäubt und wachte dann wieder auf. Und dann wurde der Täter nervös, und versuchte vielleicht erneut dem Jungen was zu verabreichen. Aber der Junge begann zu schreien und einige Gäste schienen das zu hören, auch seine beiden Freunde, die unweit von ihm entfernt, beim „Kickern" waren. Dann ließ der Täter vermutlich von ihm ab, weil ihm das Risiko entdeckt zu werden, zu hoch war."

„Dann kannte sich unser Täter auf jedem Fall in der Therme aus?", schlussfolgerte Belge.

„Muss nicht unbedingt sein", widersprach Yvonne Geiser. „Womöglich war er nur viel früher im Bad und hat alles akribisch ausgekundschaftet. Dann sah er, dass genau dieser Bereich dort hinten, für ihn die beste Stelle ist."

„Und sich dort auch kaum Zeugen rumtreiben", ärgerte sich Seewald. „Da müssen doch auch noch andere Mütter gewesen sein, oder?"

„Nicht unbedingt. Wie gesagt, das ist keine lebhafte Zone. Aber sie können ja einen Aufruf im Rundfunk oder Internet machen, ob dort jemand was auffälliges gesehen hat. Vielleicht sind mögliche Zeugen, schon vor Eintreffen der Polizei aus dem Bad raus."

„Das machen wir ganz sicher", erwiderte Seewald. „Zirngibl, Sie kümmern sich darum. Und Sie, Belge, kümmern sich um die Angestellten des Bades. Dort springen doch auch bestimmt häufiger Bademeister, oder andere Aufsichten in der Ecke rum. Auch in solch abgelegenen Nischen, kann schließlich was passieren."

„Machen wir, Chef", antwortete Belge.

„Machen Sie sich keine allzu großen Hoffnungen, meine Herren. Dieser Bereich um die Wickeltische wird bestimmt am seltensten aufgesucht, schließlich werden dort nicht nur Windeln gewechselt, sondern es wird auch gestillt", klärte Frau Geiser auf.

„Und deshalb gibt es bestimmt Anweisungen von der Betriebsleitung, dass sich dort nicht zu viel Personal aufhalten soll", mutmaßte Watzke.

„Sie sagen es. Oder welche Mutter, hat schon gern andere Leute um sich, die ihr zusehen beim Stillen? Auch Badeaufsichten – vor allem männliche – könnten sich daran aufgeilen. Sie wissen ja am besten, wie Männer ticken", meinte Yvonne Geiser mit finsterem Blick in die Runde.

Seewald ging nicht auf diesen versteckten Vorwurf ein, obwohl er natürlich wusste, dass in solchen Fällen, meistens die Männer die Hauptschuldigen waren. Auch Watzke bekräftigte die Aussage der Psychologin. „Sie hat schon Recht. Möchte nicht wissen, wie viele von diesen perversen Säcken, sich in solchen Bädern herumtreiben, vor allem im Saunabereich."

Keiner erwiderte was darauf, bis Belge zwei Minuten später fragte: „Gibt es sonst noch irgendwelche Spuren?"

„Der Junge hat einen blauen Fleck am rechten Oberarm, sowie eine Schürfwunde an der Unterlippe", klärte Yvonne Gaiser weiter auf. „Allerdings wurde er – vorerst – nur oberflächlich untersucht. Der Arzt will morgen einen neuen Anlauf nehmen, da sich Benjamin schreiend sträubte, als er den Intimbereich genauer begutachten wollte."

„Verständlich", erwiderte Seewald. „Sind die Eltern dann auch dabei?"

„Die Mutter wird auf jeden Fall mit dem Jungen mitkommen, sonst wird's problematisch. Das Kind muss absolut sensibel und vorsichtig behandelt werden. Erst wenn der Junge etwas Vertrauen gefasst hat, kann der Arzt in die heiklen Zonen schauen."

„Und die KTU?", fragte Belge.

„Nimmt sich den Jungen und die Bekleidung, nach der Arzt-Visite vor."

„Lässt sich schon sagen, ob der Junge, äh…

„Penetriert wurde, meinen Sie, Herr Watzke?"

„Ja."

„Vorbehaltlich der ärztlichen Untersuchung, nein. Benjamin hatte Glück im Unglück, weil wie gesagt, die Narkose nicht lange genug wirkte, sodass es nicht zum Schlimmsten kam."

„Haben Sie schon die anderen beiden Jungen befragt, Herr Zirngibl?", wollte Polizeipräsident Seewald wissen.

„Ja, gestern Abend, nachdem ich von der PI von dem Vorfall erfuhr. Ich habe die Eltern gleich angerufen, und war um 20 Uhr bei ihnen zuhause."

„Kam dabei was Brauchbares raus?"

„Wenig. Der Ablauf stellte sich – aus Sicht der Buben – wie folgt dar: Etwa fünfundvierzig Minuten vor der Tat, ging Pauls Mutter – also die Aufsicht der Kids – in die Sauna hinauf."

„Die Mutter von wem?", wollte Watzke wissen.

„Die Mutter von Paul, des gleichaltrigen Freundes von Benjamin. Die anderen beiden Jungen sind die Nachbarskinder, die die Mutter – eine Natascha Pfennigstorf – mitgenommen hat. Die drei Buben kennen sich schon seit sie laufen lernten, weil die Eltern aufgrund der Nachbarschaft, seit Jahren miteinander befreundet sind."

„Diese Frau ist ganz schön fahrlässig", echauffierte sich Belge. „Die könnten wir belangen, wegen Verletzung der Aufsichtspflicht. Was fällt der ein, sich in der Sauna rumzutreiben, und die drei Jungen alleine zu lassen? Die spinnt doch die Frau! Hat die das schon häufiger gemacht?"

„Keine Ahnung", meinte Zirngibl, „aber wir sollten es nur bei einer Verwarnung belassen. Sie wird sich schon genügend Vorwürfe der anderen Eltern anhören müssen. Bevor sie in die Sauna ging, gab sie ihrem Sohn noch Geld, damit die drei sich was zum Essen kaufen konnten. Die Buben aßen in der Cafeteria Pommes, und sind danach zu dem besagten Babybecken, wo sich die Wickelnische befindet. Hier muss sich Benjamin, von den anderen beiden entfernt haben, weil er die Toilette suchte. Und den Rest kennen wir ja jetzt. Die Jungen waren noch etwas verstockt bei der Befragung. Vorsorglich habe ich sie – unabhängig Ihrer Anweisung – für heute um fünfzehn Uhr aufs Präsidium gebeten, dann könnten wir gemeinsam versuchen, noch mehr aus ihnen herauszubekommen."

„Bestimmt hat der Täter in der Nische schon gewartet", mutmaßte Watzke. „Wäre er längere Zeit draußen rumgelungert an dem Becken, wäre er bestimmt aufgefallen. Um wieviel Uhr war das etwa?"

„Kurz vor fünfzehn Uhr. Der Junge bekam die Betäubung, wachte aber schneller als erwartet auf, wie Frau Gaiser ja bereits schilderte. Zum Glück. Durch die Schreie wurden die anderen beiden Jungs aufmerksam, und im Nu waren dutzende von Personen in dem ganzen Bereich."

„Falls es der gleiche Täter ist, wie in den letzten Monaten und Jahren, ist er unvorsichtiger und dreister geworden", bemerkte Belge.

„Warum?", fragte Frau Gaiser. „Weil er diesmal den Jungen nicht mit Spielzeug lockte, und ihn in einem stark besuchten Bad anging?"

„Genau.", bekräftigte Belge energisch. „Das lässt zwei Vermutungen zu; Erstens hat er seinen Trieb nicht mehr unter Kontrolle, und Zweitens achtet er nicht mehr sonderlich auf den Schauplatz. Ihm ist also der Tatort mittlerweile völlig egal."

„Oder, es war gar nicht „unser" gesuchter Täter?", meinte Staatsanwalt Ölschläger, der bisher nur aufmerksam zugehört hatte. „Schließlich gibt es hier in der Region, auch noch andere Pädophile. Das Bad zieht seine Gäste, bestimmt aus einem Radius von 70- bis 80 Kilometer an."

„Möglich, aber das sind alles nur Vermutungen, wir brauchen Fakten. Ohne Spuren wissen wir genauso viel wie vorher", sagte Seewald. „Was wissen wir sonst noch? Wer waren die anderen Personen, die sich dann später beim Bademeister und Opfer befanden?"

„Die Frau, die nach Frau Pfennigstorf beim Bademeister auftauchte, heißt Gudrun Resch, eine Arbeitskollegin von ihr, die sich auch in der Sauna befand. Als sie den Namen ihrer Kollegin hörte, machte sie sich aufgrund ihrer Neugier auf den Weg. Tja, und dann kam da noch dieser Arzt, der sich auch um den Buben kümmerte."

„Was für ein Arzt?"

„Er arbeitet im Klinikum, und befand sich mit einer kleinen Gruppe von Kindern in dem Bad. Er war aufgrund des beschissenen Wetters mit den Kids in der Therme. Einer der Uniformierten hat ihn befragt. Er war zufällig in der Nähe und hörte die Schreie, konnte den Jungen aber auch kaum beruhigen."

„Wie heißt der Arzt?"

„Harry Schaller. Ein angesehener Kinderarzt seit vielen Jahren. Außerdem ist er noch ehrenamtlicher Chefarzt beim Roten Kreuz. Schaller erzählte ferner noch, dass er einen Jungen aus seiner Gruppe suchte, der sich auch kurzzeitig entfernt hatte. Nach ihm kamen dann diese Frauen, und zu guter Letzt noch seine Lebensgefährtin Sara, die wiederum mit einer der anderen Ladys befreundet ist und mit ihr saunieren war."

„Gut, und warum hat es dann so lange gedauert bis die Polizei kontaktiert wurde?", fragte Seewald.

„Anscheinend waren sie sich alle Beteiligten, irgendwie unschlüssig. Dann rief aber doch diese Sara Palmer an."

„Unschlüssig? Die sind doch nicht alle bei Trost", regte sich Zirngibl auf. „Wenn der Bademeister uns gleich kontaktiert hätte, wäre der Täter bestimmt nicht ungesehen aus dem Bad rausgekommen. Wir hätten den Eingangsbereich sofort sperren können."

„Realitätsfremd, Kollege Zirngibl", meinte Watzke. „Glauben Sie denn wirklich, aufgrund eines versuchten Vergehens, kann gleich alles abgeriegelt werden? Hunderte von Leuten, wollten an den Kassen gleichzeitig rein und raus. Völlig unüberschaubar, zumal rechtlich zweifelhaft. Ich hab aber eine Idee, wie wir den Täter vielleicht entdecken könnten. Live, vor der Tat."

„Wo?", fragte Seewald.

„In der Kabine des Bademeisters befinden sich, wie in allen anderen großen Bädern, drei- bis vier Monitore. Das ist so üblich, damit man in einem so großen Bad auch den Überblick behält, dass haben sogar auch kleine Hallenbäder. Wir sollten schnellstmöglich die ganzen Aufzeichnungen ansehen."

„Gut, kümmern Sie sich nach unserer Unterredung darum", befahl Seewald. „Sehen Sie sich`s alle zusammen mal an. Am besten zwei- bis dreimal, vielleicht entdecken wir einen Verdächtigen."

„Okay. Ich vermute nämlich folgendes: Der Täter ist nach dem missglückten Versuch des Missbrauchs, gar nicht aus dem Bad."

„Sondern?"

„Er sah womöglich seelenruhig zu, was sich nach der Tat so alles abspielte. Vielleicht sogar mit einer Bockwurst oder einem Weißbier in der Hand."

Augsburg, Petras Wohnung

Eine Woche war seit dem Date zwischen Petra Berster und Harry Schaller im Cafe Elsässer vergangen. Nach dem Treffen war Petra unschlüssig, ob sie sich erneut mit dem Arzt treffen sollte. Deshalb hatte sie sich noch mit drei weiteren „Kandidaten" getroffen, die ebenfalls geschrieben hatten. Sie kamen noch als nach „Nachzügler", nachdem sie schon mit keinen weiteren Zuschriften mehr gerechnet hatte. Aber alles waren Reinfälle; Der Erste sandte ein uraltes Bild, der Zweite beschiss um acht Jahre mit seinem Alter, und der Dritte stellte sich als bisexuell heraus. Nur Nieten, womit hatte sie das verdient? Aber einer blieb unnachgiebig hartnäckig: Harry Schaller.

So nett er auch war, stellte sich aber absolut keine Zuneigung bei ihr ein. Nicht einen Hauch von Innigkeit, sodass nicht mal ansatzweise das Wort „Liebe" zu gebrauchen gewesen wäre. Aber eines musste man ihm lassen; er war sehr kinderlieb und fleißig. Er bot sich sogar an, für sie Einkäufe zu erledigen. Manchmal holte er sogar Tobias von der Schule ab, was diesem schon fast peinlich war. Aber er wusste den Jungen zu beeindrucken, sei es mit seinem Allgemeinwissen, Einladungen ins Kino, oder mit Besuchen ins Fussball-Stadion. Schließlich wurde der FC Augsburg seit Jahren immer erfolgreicher, was einen fünfstelligen Zuschauerschnitt ergab. Das gab es zuletzt in den 1970er-Jahren, zu Zeiten der Fußballlegende, Helmut Haller.

Gestern fuhren sie alle drei in den Tierpark Hellabrunn in München, und später lud sie Harry zum chinesischen Essen in Dasing ein. Petra war das ganz recht, schließlich war sie keine gute Köchin und aß gern asiatisch. Abends verabschiedete sich Harry artig, und gab ihr – wie immer in den letzten Wochen – ein zartes Küsschen auf die Wange.

Und so ergab sich im Laufe der Zeit, immer mehr, eine feste Freundschaft zwischen den dreien, obwohl sich Petra wunderte, dass er sie nicht ins Bett kriegen wollte. Für manche Männer, war Sex anscheinend doch nicht das Wichtigste im Leben?

An einem Montagabend, als sie es sich gerade auf der Couch bequem gemacht hatte, rief Sigmar, ihr Bruder an. Er war vor drei Monaten in den Schwarzwald gezogen, weil er seine Stelle als Physiotherapeut im Sommer in Augsburg verloren hatte, und arbeitslos wurde. Im Großraum Augsburg war anscheinend nur noch Bedarf für Teilzeitkräfte und 400.- Euro-Jobber in seinem Berufszweig. Da Sigmar zum Zeitpunkt der Arbeitslosigkeit, keine Familie und auch keine Partnerin hatte, recherchierte er auf allen möglichen Jobbörsen, um Angebote im Süddeutschen Raum zu finden, bis er schließlich im Schwarzwald Erfolg hatte. Noch dazu in einer großen Rehaklinik, die von der Deutschen Rentenversicherung betrieben wurde. Daraufhin gab er sofort im

September seine Wohnung auf, und war über Nacht aus seiner Geburtsstadt Augsburg verschwunden. Während der Probezeit, bekam er sogar in der riesigen Klinik ein Zimmer umsonst, bis seine Anstellung nach sechs Monaten verlängert wurde. Kurz darauf bekam er auch eine Zweizimmerwohnung in Freudenstadt, die ihm eine Arbeitskollegin vermittelt hatte.

Das Verhältnis zwischen den beiden Geschwistern war hervorragend, sodass sie regelmäßig Kontakt hielten. Aufgrund seiner Einladung, wollte sie ihn jetzt erstmalig in seiner neuen Heimatstadt besuchen.

„Hallo, Brüderchen", schrie sie ins Telefon. „Wie geht's, wie steht`s?"

„Stehen tut „er" noch, und gehen tut`s auch noch", kam es flapsig zurück.

„Was macht die Arbeit in der Rehaklinik?"

„Alles prima. Nette Kollegen, befriedigender Verdienst und angenehmes Arbeiten."

„Also, bereust du es nicht, vom schönen Augsburg weggezogen zu sein?"

„Auf keinen Fall, Schwesterlein, die Gegend hier ist noch viel schöner. So ein Tapetenwechsel schadet mir bestimmt nicht, solange ich kein Kind und Weib zu versorgen hab, die sehnsüchtig daheim am Feierabend auf mich warten."

„Na, dann hast du ja alles richtig gemacht."

„Zumindest bis jetzt, wer weiß, was in einem Jahr ist."

„Und, was macht die Liebe? Geht der Jäger regelmäßig auf

die Pirsch?"

„Immer wieder mal. Aber eigentlich brauch ich gar nicht so weit gehen. Die besten Mädl`s, sind hier bei mir auf der Arbeit zu finden. Mit einer süßen Maus hab ich schon angebandelt, die auch neu eingestellt wurde. Die ist nur zurzeit auf einer Fortbildung, aber wenn sie zurückkommt, könnt das durchaus was werden, mit uns beiden Hübschen."

„Freut mich für dich."

„Und was ist mit dir, Schwesterlein? Du hast doch vor sieben Wochen so einen Arzt kennengelernt. Funktioniert es mit dem Typen?"

Petra zögerte leicht und antwortete: „Weitestgehend ja."

„Na, dann kannst du ja bald mit dem arbeiten aufhören, Ärzte verdienen doch ganz gut."

„Harry ist „nur" Assistenzarzt im Klinikum, die verdienen nur ein Zehntel von dem, was Zahnärzte zum Beispiel bekommen."

„Na, besser als ein Leiharbeiter oder Bäcker verdient er bestimmt."

„Klar, aber Geld allein ist nicht alles."

„Versteht er sich denn auch mit Tobias?"

„Prima. Die beiden sind ein Herz und eine Seele."

Das in Punkto Sex nichts lief, wollte sie ihm erst bei einem Glas Wein in seiner neuen Heimat erzählen.

„Freut mich für dich und den Kleinen. Kommt er denn mit?"

„Nein, vor Weihnachten bekommt er nicht Schulfrei, und vor den Ferien will ich ihn jetzt auch nicht krankschreiben. Er ist mit seinen Noten, eh schon nicht der Beste und Fleißigste in der Schule. Gott sei Dank, kümmert sich Harry sogar um seine Hausaufgaben, ich selbst, müsste schon gelegentlich kapitulieren. Ich komme auf jeden Fall allein, am besten nächste Woche. Ich hab vom 10 - bis 15. Dezember Urlaub bekommen, danach gibt's Urlaubssperre, aufgrund von Weihnachten und Neujahr."

„Bringst du Tobias dann zu unserer Mutter? Die freut sich doch bestimmt, wenn er ein paar Tage bei ihr ist."

Seitdem ihr Vater an Krebs gestorben war, lebte ihre Mutter allein in einer großen Dreizimmerwohnung, im Stadtteil Lechhausen.

„Das war einmal, Sigmar."

„Warum, geht`s ihr nicht gut?"

„Doch schon, aber ich hatte in letzter Zeit immer das Gefühl, sie war ganz froh, wenn ich mit Tobias wieder verschwand aus ihrer Wohnung."

„Na, das ist ja was ganz Neues. Dachte, die verstehen sich so gut?"

„Mittlerweile hat sie die Nerven nicht mehr, zumal der Bub manchmal auch ganz schön anstrengend sein kann. Da folgt er überhaupt nicht, wenn man ihm was sagt. Aber ich hoffe, dass bessert sich wieder. Und auf unsere Mutter hört er noch weniger, das geht ihr auf die Nerven. Also, bei ihr, kann ich ihn maximal zwei Tage lassen."

„Du sagtest doch vor vierzehn Tagen, dein neuer Freund hat eine große Wohnung, in der Nähe vom Klinikum?"

„Ja, stimmt. Warum?"

„Wenn die beiden sich so gut verstehen, dann kann doch Harry ein oder zwei Tage auf Tobias aufpassen?"

„Wir sind ja noch nicht solange zusammen, ich will ihn noch nicht mit sowas belasten. Er arbeitet ja auch viel."

„Ach, frag ihn doch einfach mal. Für was hat man schließlich einen Partner? Hauptsache, dem Kleinen wird nicht langweilig. Unsere Mutter kann ihn ja zumindest bekochen, und selbständig ist der Junge sowieso schon."

„Zwei Tage ist er auf jeden Fall bei Christine, die hat einen gleichaltrigen Sohn, mit dem sich Tobias versteht. Und in die Obhut unserer Mutter, gebe ich ihn maximal zwei Tage, länger wird's sie`s eh nicht aushalten mit ihm."

Petra hatte ein schlechtes Gewissen, den Jungen drei- bis vier Tage alleine zu lassen, aber sie hoffte, es würde funktionieren. Christine war eine ihrer Freundinnen, die sich bereit erklärte, Tobias einige Tage aufzunehmen, was dem Jungen ziemlich recht war. Markus, Christines Sohn, war ein ähnlicher Rabauke wie Tobias, deshalb „harmonierten" sie anscheinend so gut. Und einen Tag mit Harry zusammen, sollte doch auch klappen? Hoffentlich.

TEIL 10

Treibjagd

Augsburg, Stadtpark

Walter Hundt und Werner Wangert, zwei stadtbekannte Obdachlose, saßen wie fast jeden Tag, bei mehreren Flaschen Bier, auf ihrer Lieblingsbank inmitten des Augsburger Stadtparks. Gewöhnlich hatten sie nie Probleme, wenn andere Fußgänger sie sahen, da sie auch angetrunken, nur friedlich lallten und nie aggressiv wurden oder bettelten. An ihren Anblick hatten sich die meisten der Spaziergänger, die regelmäßig hier unterwegs waren, schon zur Genüge gewöhnt.

„Wir haben fast kein Bier mehr, Walter", meinte Wangert, und schüttelte seine leere Flasche vor den Augen seines Spezl.

„Du säufst zu viel", erwiderte dieser Nasebohrend.

Beide waren Ende sechzig, und seit diversen Schicksalsschlägen obdachlos, mittlerweile schon seit über zwei Jahren. Eines konnte Werner Wangert sehr gut; Spielen mit seiner zwanzig Jahre alten Mundharmonika. So kam es manchmal vor – wenn sein Geld knapp wurde – ‚dass er sich aufmachte und in die nahegelegene Fußgängerzone spazierte. Dann fing er sitzend – mit seinem Schlapphut neben sich liegend – zum Mundharmonikaspielen an. An einem guten Tag, kamen da gut und gern, oft hundert Euro zusammen. Von den gelegentlichen Polizeistreifen die vorbeiliefen, wurde das mit einem Augenzwinkern geduldet. Zum Essen gingen beide fast täglich, zu einer der beiden „Tafeln", die sich in der Augsburger Innenstadt, unweit des Rathauses, befanden.

„Wir haben keine Kohle mehr, um welches zu kaufen", meinte Walter Hundt. „Vielleicht solltest du wieder mal in die Fußgängerzone hocken, und „Spiel mir das Lied vom Tod" spielen. Das kommt bei den Leuten immer am besten an. Auch Charly Bronson konnte es nicht besser spielen."

„Zurzeit ist sauwenig los in der Zone, aufgrund des kalten Herbstwetters, da geht nicht so viel. Ich warte lieber noch eine Woche, da geht's langsam los mit Geschenke kaufen, zwecks Weihnachten. Da gibt's wieder Gedränge, und viel Kohle in meinen Hut."

„Und, wie sollen wir jetzt zu Bier kommen, hä? Nur, weil du jetzt zu faul zum Spielen bist. Sollen wir was klauen und Ärger mit den Bullen riskieren? Das ging schon vor vier Wochen fast in die Hose. Beinahe hätten sie uns aus der Stadt verwiesen."

„Geh doch zum Fristo-Getränkemarkt rüber, die dicke Gertrud hat dir doch schon letztes Mal, zwei Paulaner geschenkt. Vielleicht ist sie heute auch in Spendierlaune?"

„Kein Bock."

„Gut, dann saufen wir halt Wasser, das kostet nix."

Beide starrten trübselig vor sich hin, bis nach einigen Minuten, zwei kleine Jungen an ihnen vorbeiliefen.

„Jetzt fällt mir was ein, Walter."

„Was?"

„Lass dich überraschen."

Die beiden Jungen waren etwa neun bis zehn Jahre alt, und mit ihren Schulranzen unterwegs. Auf der anderen Seite des Parks, befand sich eine Bushaltestelle, die sie vermutlich ansteuerten.

Als die Buben an ihrer Bank vorbeiliefen, sprach Werner Wangert sie an: „Hey Jungs, wohin des Weges?"

„Warum?", fragte der kleinere, während beide den Kopf in ihre Richtung drehten. Der größere Junge hatte strohblondes Haar und unzählige Sommersprossen, der andere war feuerrot und schon leicht übergewichtig.

„Ich hätte ein gutes Geschäft für euch."

„Was denn für ein Geschäft?", fragte der Blonde und sah sie beide misstrauisch an.

„Schaut mal, was ich hier habe?", sagte Wangert. Er zog ein Messer aus seiner Jacke.

Beide Jungen zuckten erschrocken zurück. „Wir haben kein Geld", stammelte der Rotfuchs und begann zu zittern.

„Keine Angst, Jungs. Ich will euch nichts tun. Wisst ihr, was das für ein Messer ist?" Er hob es vor ihre Augen, und hielt es nur mit zwei Fingern am Griff.

„Keine Ahnung", nuschelte der Blonde.

„Das ist ein Original „Bowie-Messer". Habt ihr noch nie was davon gehört?"

„Nein", sagten sie fast zeitgleich.

„Bowie-Messer" sind eine Art von zuerst in Amerika verbreiteten, schweren Arbeits – und Kampfmessern. Sie gehören zu den Legenden des Wilden Westens und sind nach James Bowie benannt. Sie wurden von Soldaten im Amerikanischen Bürgerkrieg und später noch von Cowboys und Büffelträgern getragen."

„Und was sollen wir damit?", fragte der Rotschopf.

„Diese Messer haben einen sehr hohen Wert. Für dieses in meiner Hand, bekommt ihr locker hundert Euro."

„Woher sollen wir wissen, ob das stimmt?"

„Es gibt in Augsburg ein Pfandleihhaus und einen Antiquitätenhändler in Haunstetten. Die können euch das bestätigen. Dieses Messer hier, hab ich vor fünfzig Jahren in Arizona gekauft. Es ist wie Neu. Das Teil wird immer noch hoch gehandelt."

„Mag sein", meinte Blondy. „Aber wir haben gar nicht so viel Geld dabei. Ich hab nur vierzig Euro. Wieviel hast du, Jonas?"

Der Rotschopf sah in seinen Geldbeutel. „Achtundzwanzig Euro."

„Okay, Jungs. Gebt mir einfach alles was ihr habt. Heute Nachmittag könnt ihr zu den beiden Händlern gehen, und bekommt ganz sicher das Doppelte wieder."

Beide zögerten. „Und wenn es weniger sein sollte?"

„Ihr lauft doch bestimmt häufig hier vorbei. Wenn ihr morgen kommt, und ihr habt nicht mindestens neunzig Euro erhalten, gebe ich euch das Geld wieder, und ihr gebt mir das Messer zurück. Okay?"

„Gut, machen wir", sagte Jonas. „Sollten Sie uns anlügen, werden wir morgen mit der Polizei wiederkommen."

„Okay, könnt ihr machen. Also, leert eure Geldbeutel."

Was alle nicht sahen: Unweit, höchstens hundert Meter entfernt, beobachteten drei Jugendliche das „geschäftige Treiben" der alten Männer mit den Buben. Sie hockten auf einer Bank, und einer filmte die Szene mit seinem I-Phone. Dann sprang ein Zweiter – namens Mike – auf, und meinte: „Die alten Knacker nehmen die Kleinen aus. Habt ihr gesehen, wie der Alte mit dem Bart, das Messer vor ihre Gesichter hob? Die mischen wir auf, die Penner!"

Der baumlange Ralf – ihr Anführer - steckte sein I-Phone weg, und knallte seine rechte Faust in die offene Handfläche seiner linken Hand. „Okay, macht euch fertig. Wir schleichen uns hinter sie."

Dann liefen sie los. Mike und Alex waren die beiden Handlanger, die fast alles taten, was ihr Anführer Ralf befahl. Zwei Minuten später, befanden sie sich im Rücken der beiden alten Männer, als die beiden Buben gerade ihre Geldbörsen leerten.

„Was geht denn hier ab?", schrie Mike, mit sechzehn der jüngste des Trios, und baute sich bedrohlich neben Werner Wangert auf.

Wangert und Hundt zuckten noch mehr zusammen, als die beiden Schüler. Sie kannten die drei, schon einmal wurden sie von ihnen bestohlen. „Haltet euch da raus, Jungs", sagte Wangert, während er noch mit dem Messer in der Luft fuchtelte.

„Ihr alten Penner", knurrte Ralf, mit achtzehn, der längste und älteste des Trios. „Ihr wolltet die zwei Kleinen ausrauben, dass könnte euch so passen. Zuerst abzocken und bescheißen, und dann vergewaltigen."

„Junge, was redest du für einen Schwachsinn! Wir wickeln hier ein Geschäft ab. Verschwindet!"

„Geschäft? Geschäfte dürfen nur wir hier in dem Park abwickeln. Jungs, ihr gebt das Geld nicht den alten Knackern, die versaufen es sonst nur."

Die beiden Buben standen starr vor Angst, und blieben wie angewurzelt stehen. Auch sie kannten das Trio. Die drei Schläger hatten schon öfter bei einigen Schülern, Schutzgeld erpresst.

Walter Hundt versuchte es noch einmal auf die sanfte Tour. Er wusste, bei einer Auseinandersetzung würden sie den Kürzeren ziehen. Die Jugendlichen waren bekannte Schläger in diesem Stadtteil, wahrscheinlich auch in der ganzen Stadt. Verroht, eiskalt und scheren sich wahrscheinlich um nichts. Sie mussten aus der Nummer heil herauskommen. Warum nur, hatte keiner von ihnen ein Handy? In solchen Situationen bräuchten sie so ein Teil. „Hört zu, Jungs. Nehmt ihr das Geld der Buben, und verschwindet wieder. Wir wollen keinen Ärger, kapiert?"

„Kapiert? Was fällt dir ein, Alter, sowas zu sagen? Hat dir keiner Manieren beigebracht?", knurrte Ralf. Alle drei trugen schwarze Baseball-Caps auf ihren streichholzkurzen Haaren.

„Verschwindet endlich", sagte Werner Wangert. „Wir rufen sonst die Bullen."

„Die Bullen?", äffte Mike nach. „Als ob ihr alten Penner ein Handy hättet. Ich schlage euch folgendes vor: Gib uns dein Messer, bevor du dich damit verletzt. Ansonsten werden wir es gewaltsam mitnehmen, und deine Verletzungen werden umso größer sein."

Die beiden Buben merkten, dass was Unheilvolles in der Luft lag. Langsam wichen sie zurück und wollten sich davonschleichen. Aber Ralf stellte sich ihnen in den Weg. „Ihr Knirpse bleibt hier und seht zu."

„Bei was zusehen?", stotterte der Rotschopf.

„Na, wie wir jetzt den Pennern eine Abreibung erteilen", knurrte Mike, und rieb sich schon die Handknöchel. „Ist doch interessant für euer späteres Leben."

„Wir müssen nach Hause. Unsere Eltern warten mit dem Mittagessen", bettelte Blondy."

„Ihr Hosenscheißer bleibt hier! Und dann gebt ihr uns eure Kohle. Schließlich haben wir euch vor Pennern und Kinderschändern beschützt. Und du Alter, schmeiß das Messer auf den Boden, oder du hast es gleich in deinem versifften Ranzen!", befahl Ralf.

Wangert merkte, dass das gute Zureden nichts mehr half.

Das Trio war auf Randale aus. Es gab jetzt nur zwei Möglichkeiten: Entweder das Messer auf den Boden werfen und hoffen, dass die Jugendlichen sich damit zufrieden gaben...

Er hatte noch nicht zu Ende gedacht, als sein Kumpel Walter wie am Spieß: „H I L F E !", schrie.

Mike schnellte im gleichen Moment vor, und trat mit dem Fuß in Hundt`s Magen. Dem alten Mann blieb die Luft weg, und er krümmte sich zusammen.

„Ihr Schweine!", brüllte Werner Wangert, und holte mit seinem Messer in Richtung des Jünglings aus. Er war zu langsam. Der Jugendliche machte nur einen Schritt zur Seite und wich elegant aus. Dann war Ralf an Wangerts rechter Seite, und hieb mit seiner Faust auf dessen Hand, die verzweifelt das Messer umklammerte. Der Schlag war so heftig, dass er seine Hand öffnete und das Messer auf den Boden fiel. Jetzt gab es für die drei Jugendlichen kein Halten mehr. Wie von Sinnen, droschen sie auf die beiden alten Männer ein. Faust um Faust, krachte auf ihre ausgezerrten Körper und ihre schutzlosen Köpfe, bis beide in einer riesigen Blutlache auf dem Boden lagen. Am Boden liegend und nicht mehr rührend, traten sie weiter auf die beiden Körper der Obdachlosen ein, bis Mike auf einmal schrie:" Hört auf, ihr schlagt sie ja tot!"

Verdutzt sah sich Ralf auf einmal nach allen Seiten um. „Ihr Wixer, verdammt! Vor lauter Prügel, hat keiner von euch gemerkt, dass die beiden Rotzlöffel geflohen sind. Verdammt, jetzt haben wir nicht mal die Kohle!"

Schwerschnaufend hob Alex das Messer vom Boden hoch, und meinte: Scheiß doch auf die Kleinen. Ich weiß, auf welche Schule die gehen. Die können wir uns noch ein andermal schnappen. Sollen wir jetzt den Pennern noch den Rest geben?"

„Verdammt! Die rühren sich doch eh schon nicht mehr", sagte Mike, der auf einmal kalte Füße bekam. „So war das doch nicht gedacht. Lasst uns endlich abhauen."

„Halt die Fresse, Memme!", knurrte Ralf. „Fürs denken bin ich zuständig. Wer nicht hören will, muss fühlen. Sagte schon mein beschissener Vater immer zu mir, bevor er mich verdrosch. Warum können die Greise nicht tun, was man ihnen sagt? Außerdem kenne ich das alte Schwein von früher. Den da, der kein Messer hatte."

„Woher?", fragte Alex.

„Mein Vater, auch wenn er noch so ein versoffener Drecksack war, hat mich immer vor dem gewarnt. Vor elf Jahren, als ich in die Schule kam, wohnte er bei uns in der Nachbarschaft. Er war bekannt, weil er sich immer an kleinen Kindern vergriff. Dafür saß er auch schon ein paar Jahre im Knast. Und als er rauskam, war er obdachlos. Kein Wunder, wer will schon einen Kinderschänder als Nachbarn?"

Er trat mit seinem Stiefel in das Gesicht des reglosen Mannes. „Aber zukünftig wird jeder sofort erkennen, was das für ein perverses Schwein ist und war. Er wird für immer gekennzeichnet sein."

Er nahm das Messer in die Hand, grinste die anderen an, und ging in die Knie.

„Schaut euch um, ihr Idioten, dass uns keiner sieht."

„Wir sind bestimmt schon gesehen worden, Ralf. Vorher sind zwei Leute da drüben gelaufen", sagte Mike.

Ralf ignorierte Mikes Warnung. Seine Augen hatten einen irren Glanz angenommen, als er den Schopf des alten Mannes packte: „Er wird sich nie wieder einem Kind nähern."

Die anderen beiden bekamen es mit der Angst zu tun. Sie wussten, wenn sich ihr Anführer in was reinsteigerte, ließ er sich von nichts und niemandem mehr davon abbringen."

„Ralf, lass gut sein. Verschwinden wir lieber, die Bullen sind bestimmt gleich hier. Vorher sind da drüben zwei Radfahrer entlanggefahren, die haben uns auch gesehen", log er. „Wir müssen sofort abhauen, Gott verdammt noch mal!"

„Ich brauch nur noch eine Minute, für das was ich vorhabe." Dann nahm er das Messer und machte sich an dem Kopf des alten Mannes zu schaffen. Als sie wenige Sekunden später Sirenen hörten, rannten sie davon.

Zurück ließen sie zwei alte Männer, die grotesk verrenkt in einer riesigen Blutlache lagen. Einer davon, hatte ein unkenntliches Gesicht.

Kommissariat Augsburg, drei Stunden später

„Einer, wird es vermutlich nicht mehr überleben", meinte Hauptkommissar Belge, und sah dabei seine beiden Kollegen, Watzke und Belge, nachdenklich an.

Sie wurden wenige Stunden nach der Schlägerei, von ihren uniformierten Kollegen unterrichtet, die zu dem Massaker gerufen wurden. Wahrscheinlich wären sie erst gar nicht verständigt worden, hätte es nicht eine makabre Aufschrift auf der Stirn, eines der beiden Opfer gegeben: **„ICH BIN EIN KINDERSCHÄNDER!"**, stand dort, eingeritzt auf der faltigen Haut des alten Mannes.

„Welcher wird es nicht überleben?", fragte Watzke.

„Ausgerechnet der, der nicht mit dem Messer „bearbeitet" wurde", meinte Belge. „Er heißt Werner Wangert, ist achtundsechzig Jahre, und seit zweieinhalb Jahren obdachlos. Der andere heißt – oder vielleicht bald „hieß" – Walter Hundt, neunundsechzig Jahre, war seit zwei Jahren auf der Straße."

„Was haben wir über die beiden in den Akten?"

„Bei Wangert, ist die Frau vor fünf Jahren an Krebs gestorben. Er selbst, hat im Alter von neunundfünfzig, mit der Arbeit als Schlosser aufgehört, weil seine damalige Firma in Insolvenz ging. Danach fand er anscheinend keine Stelle mehr, und kam nicht mehr aus seiner Arbeitslosigkeit heraus. Nach dem Arbeitslosengeld bezog er „Hartz 4", bis zu seiner offiziellen Rente. Wie bei vielen Obdachlosen, kann man oft erst durch Gespräche mit den Betroffenen erfahren, warum sie auf der Straße landeten. Oder, man erfährt die wahren Gründe nie. Kinder sind keine von ihm bekannt."

„Und Hundt?"

„Der interessantere Fall."

„Inwiefern?", fragte Watzke.

„Er hatte – im Vergleich zu Wangert – eine kriminelle Vergangenheit. Schon mit Anfang zwanzig; Diebstähle, Drogenhandel und Schlägereien. Meistens kam er mit erzieherischen Maßnahmen und Bewährung davon. Zwischendurch, hat er immer wieder mal gearbeitet oder war arbeitslos. Dann, und jetzt wird`s interessant: Prostitution mit Minderjährigen und Vergewaltigung. Kam vor zehn Jahren in den Knast, und saß dann zwanzig Monate. Seitdem ist nichts mehr bei ihm vorgefallen."

„Wer waren seine Opfer?", wollte Watzke wissen.

„Wegen Prostitution mit Minderjährigen ist er in Frankreich aufgefallen. Keine Ahnung, was ihn dahin verschlagen hat. Dort wurde er von den Kollegen verhaftet, als er in einem Nachtclub, mehrfach Sex mit jungen Mädchen hatte, die dort illegal beschäftigt waren. Nach der Verhaftung, wurde er von den Franzosen nach Deutschland ausgeliefert. Bei uns wurde er deshalb nicht verurteilt, weil der Richter ihm glaubte, als er erzählte, dass er nicht wusste, dass die Mädchen in dem Club erst sechzehn waren."

„Verständlich", meinte Watzke. „Auch minderjährige Mädchen mit fünfzehn, sehen oft wie zwanzig aus."

„Kurz danach", fuhr Belge fort, „Vergewaltigung eines Mädchens mit vierzehn Jahren. Tatort: Im Keller eines Nachbarn in Pfersee, wo er nebenan ein Apartment hatte."

„Scheint also, dass er kein klassischer Kinderschänder ist", mutmaßte Zirngibl. „Vermutlich wollte keine Frau mehr mit ihm was zu tun haben, dann hat er sich halt gewaltsam ein Mädchen geschnappt, um sich die Bordellkosten zu sparen. Solche Fälle hatten wir ja schon häufiger. Wer war denn das Mädchen?"

„Wohnte bei ihm in der gleichen Siedlung. Sozialer Brennpunkt, die Gegend. Danach Verurteilung zu drei Jahren Knast, wegen guter Führung nach zwanzig Monaten wieder entlassen. Nach dem Knast, zog er nicht mehr in seine alte Adresse, vermutlich bekam er dort auch keine Wohnung mehr. Dann wurde er vermutlich obdachlos, und seine Spuren verloren sich, weil er auch nirgends mehr angemeldet war."

„Wissen wir schon was von den Tätern?"

„Spaziergänger und Radler haben drei Jugendliche gesehen. Wobei die Aussagen unterschiedlich sind. Ein Ehepaar sagte aus, an der Schlägerei waren auch Kinder beteiligt."

„Kinder? Verwechseln die Kinder mit Jugendlichen?"

„Nein, sie sprachen von Kindern und Jugendlichen. Die Kids so ungefähr zwischen acht und zehn, die Jugendlichen waren vermutlich so zwischen achtzehn und zwanzig Jahre alt."

„Und eingegriffen hat wieder einmal keiner", stellte Watzke fest."

„Wer will schon mehreren Halbstarken, Paroli bieten?", erwiderte Belge. „Die Leute haben doch schon Angst, wenn sie sowas von weitem sehen. Wir müssen schon froh sein, dass die überhaupt anrufen, um solche Taten zu melden."

„Und die Jugendlichen und Kinder wurden noch nicht gefasst?"

„Noch nicht, aber es gibt einen Verdacht, wer das sein könnte. Dort in der Ecke sind schon häufiger Auseinandersetzungen gewesen. Die Burschen werden wir sicher kriegen."

„Die kleineren oder größeren Burschen?", fragte Zirngibl.

„Die größeren, natürlich. Wobei die Kinder – oder Schüler – genauso wichtig wären, als Zeugen! Schließlich müssen wir die Hintergründe aufklären. Womöglich haben die Jugendlichen nämlich noch Raubmord begangen", erklärte Belge.

„Raubmord?", fragte Watzke ungläubig. „Hatten die Obdachlosen, etwa Geld, Wertgegenstände, teure Uhren oder sonstiges?"

„Keine Ahnung, aber primitive Schläger legen oft schon los, wenn`s bloß um Alkohol oder um fünf Euro geht", erwiderte Belge. „Die Zeiten sind hart geworden, die Gesellschaft wird immer rücksichtsloser und brutaler in allen

Schichten. Vor allem die Jugend verroht total. Solche Gewaltexzesse hat es bis zu den 1990er-Jahren, nie in dieser Brutalität – wie heute – gegeben."

„Mag sein", antwortete Watzke. „Aber kommen wir zurück zu unserem Kinderschänder. Die Strukturen unserer Gesellschaft können wir sowieso nicht ändern, zumindest nicht kurzfristig. Wir kriegen die schweren Fälle meistens dann, wenn sie kaum noch zu bekehren sind. Wir sollten rausfinden wer das Mädchen war, das vor zehn Jahren vergewaltigt wurde. Womöglich besteht ein Zusammenhang zwischen diesen brutalen Jugendlichen, und dem Fall von damals."

„Vielleicht wollte einer Rache? Sonst hätte er doch niemals mit dem Messer, diesen Satz auf die Stirn von Hundt geschlitzt, das kann kein Zufall sein", meinte Zirngibl stirnrunzelnd.

„Die meisten – oder alle – werden wir auf jeden Fall mit DNA – Spuren überführen können", erläuterte Belge. „An den Männern wurden haufenweise Blutspuren gefunden, nicht nur aus ihren eigenen Verletzungen, sondern auch von den Schlägern. Die irren Psycho`s haben sich die Fäuste regelrecht blutig geschlagen. Stellt sich bloß die Frage: Was haben diese beiden Buben – die geflohen sind – damit zu tun?"

„Entweder, sie gehören zu der Drecksbande, oder sie wurden von den alten Männern belästigt", mutmaßte Watzke. „Sie wurden von den Jugendlichen beobachtet, und die sagten sich, die Alten mischen wir auf. So denken doch diese Primitiven. Idealer Grund für eine Schlägerei."

„Nahellegend", entgegnete Belge. „Und was sollen wir jetzt mit den ganzen anderen Kinderschändern, aus unserer Region machen? Das sind – laut Akten – mindestens fünfzehn, im Alter zwischen sechzehn und siebzig Jahren. Die können wir doch nicht alle unter Polizeischutz stellen? Und das Schlimme ist: Aufgrund des von uns gesuchten Pädophilen, wird vermutlich jeder Typ, der Kinder anquatscht, potenziell als Schänder eingestuft, und ist vielleicht sogar selbst in größter Gefahr. Wenn wir nicht bald Erfolg haben, wird diese Art der „Lynchjustiz", noch Mode machen. Auch wenn es – womöglich – nur der liebe, freundliche Onkel von nebenan ist!"

TEIL 11

Verblassende Erinnerungen

Augsburg, ein Sonntag im Juli 2014

Kennen Sie das? Sie versuchen verzweifelt, sich an etwas zu erinnern, aber es fällt Ihnen nicht mehr ein?

Jeder kennt das. Das sind die einfachen Gegenstände des Lebens, die man irgendwohin verlegt, oder Erinnerungen von einem vergangenen Urlaub, Beziehungen, oder von sonstigen, alltäglichen Erlebnissen. Irgendwann verblassen in zunehmendem Alter die Erinnerungen, wenn das Hirn langsam schrumpft, oder sich bei manchen die Demenz einschleicht, die in der immer älter werdenden Gesellschaft rapide ansteigt.

Bei mir war es aber keine Demenz, schließlich war ich im Jahr 2014, erst knapp siebenunddreißig Jahre alt. Ich hatte bis zu diesem Zeitpunkt noch nie Erinnerungslücken, vor allem, wenn es die Schrecklichen waren. Erfahrungsgemäß bleiben nämlich negative Erinnerungen, deutlich länger im Gedächtnis haften als die Positiven.

Es war an einem heißen Sommertag, im Juli 2014, als ich eine dieser schrecklichen Erlebnisse und Erinnerungen hatte, die aber kurz darauf verblassten. Erst viele Monate später, wurde mir dann erst bewusst, warum. Die „Beziehung" zwischen mir und Harry – die eigentlich keine war – näherte sich dem Ende entgegen, auch in platonischer Hinsicht. Zum einen hatte ich eine neue Bekanntschaft – mit exzellentem Sex – sodass ich auf meinen „Toy-Freund" nicht mehr zurückzugreifen brauchte, zum anderen legten seine sonderbaren Verhaltensweisen, Tag für Tag noch zu. An seiner Glaubwürdigkeit hatte ich eh schon länger gezweifelt.

An diesem besagten heißen Juli-Tag, fuhr er mit einem gemieteten Kleinbus nach München, um ins Deutsche Museum zufahren. Natürlich nicht allein, sondern mit einer vernachlässigten Kindergruppe, für die er immer häufiger Ausflüge organisierte. Es waren sechs Kinder, die er – laut eigener Aussage – diesmal dabei hatte. Alles Jungs, zwischen fünf- und sieben Jahren. Erstaunlich, dass die Eltern dieser Kinder, die sie ihm anvertrauten, Harry gar nicht persönlich kannten. Ich meine, würden Sie jemandem ihr Kind in Obhut geben, den sie vorher nicht mal persönlich kennengelernt hatten? Die meisten dieser Ausflüge wurden mit den Eltern, per Post oder nur mit Telefonaten abgewickelt. Manchmal – erfuhr ich später – waren diese Kinder auch bei Pflegeeltern, oder sogar in Erziehungsanstalten untergebracht. Obwohl Harry eine eigene Wohnung hatte, waren einige seiner Habseligkeiten noch bei mir untergebracht. Das war weniger Mobiliar, als vielmehr Ordner, Computer oder Dutzende von Kleidungsstücken und Schuhen. Hauptsächlich übernachtete er in den letzten Jahren nur noch bei uns, weil er mit Felix noch was gemeinsam unternahm. Das wurde aber im Laufe der letzten Monate, auch immer seltener. Der Junge wurde schließlich älter und hatte immer weniger Lust, mit ihm was zu unternehmen, auch wenn Harry sehr großzügig war. Abgesehen von der körperlichen Nähe, ging mir Harry auch sonst zunehmend auf die Nerven. Nicht nur aufgrund seiner Ausreden – oder Lügen? – sondern auch, weil er ständig alles liegen und stehen ließ, und meine Wohnung langsam wie ein Wertstoffhof wirkte. Meine engsten Freunde – und auch meine Mutter – sagten deshalb schon lange:

TRENN DICH VON IHM. WIRF IHN RAUS!

Nicht nur sporadisch, sondern endgültig. Keinerlei Kontakt mehr mit ihm. Außer, meine Söhne, oder nur Felix allein, wollten auf eigene Faust was mit ihm unternehmen. Das würde ich natürlich nie unterbinden, schließlich sind sie alt genug, dass selbst zu entscheiden. Wobei mein älterer Sohn – im Gegensatz zu Felix – eh nie großes Interesse gehabt hatte, mit Harry was zu unternehmen. Und so tat ich dass, was häufig, gehörnte Ehefrauen machen, wenn sie einer Affäre ihres Mannes auf die Schliche gekommen waren: Ich packte seine Koffer! In meinem Schlafzimmer, lagen zwei Taschen von ihm auf meinem Schrank. Eine große Adidas-Sporttasche, und einen Trolley, den er gelegentlich mit auf Seminare und Fortbildungen mitgenommen hatte. Falls es nicht ausreichen sollte, würde ich den Rest, in einen großen Beutel stopfen, den ich gestern bekam, weil ich ein nagelneues Steppbett gekauft hatte. Hauptsache, er verschwand endlich aus meinem Leben. Auf der rechten Wandseite meines großen Schlafzimmers, befand sich ein Kinderschreibtisch – aufgrund des Platzmangels – , den er häufiger für seine Korrespondenzen benutzt hatte. Wobei ich mich im Nachhinein oft fragte, Korrespondenz mit wem? Nur mit den Eltern seiner Ausflugskinder? Darauf lag sein Toshiba-Notebook und ein kleines Samsung-Tablet, dass er erst letzten Monat im Media-Markt gekauft hatte. Ich stopfte zuerst die Tasche und den Trolley, mit seinen ganzen Klamotten voll. Es waren gut zwanzig Hemden, zehn Pullover, fünf Jacken und jede Menge Unterwäsche. Im Nu war die Tasche voll, und ich holte meinen riesigen Kunststoff-Beutel, um noch vier Paar Schuhe zu verstauen, die unter dem Schrank lagen. Außer seinem Equipment auf dem Schreibtisch, brachte ich alles unter. Für den Laptop hatte er eine schwarze Ledertasche, und für das weiße Tablet eine Lederhülle. Als ich das Tablet in die Hand nahm, merkte ich, dass es gar nicht ausgeschalten war. Im Vergleich zum Notebook, war es nicht passwortgeschützt, und ich betrachtete es neugierig von allen Seiten. Auf dem Bildschirm waren die typischen Icons zu sehen, wie bei jedem normalen Computer auch. Welche Frau ist nicht neugierig, also auch ich. Ich legte das Tablet auf den Wohnzimmertisch und nahm mir vor, es mal genauer anzusehen, wenn ich die restlichen Sachen von ihm Bad verstaut hatte. Ich sah nochmals den Kleiderschrank durch, ging zuletzt ins Bad, und war zufrieden, als ich nichts mehr von ihm fand.

Nach einer Viertelstunde nahm ich nochmals alles penibel unter die Lupe, und war zufrieden. Nichts, was noch von ihm stammen könnte, war zu entdecken. Vermutlich würde er aus allen Wolken fallen wenn er kam. Aber das war mir zum gegenwärtigen Zeitpunkt, scheißegal.

Das Läuten des Festnetztelefons, hielt mich von meiner „Aufräumwut" auf. Es war meine Schwester Katja, die – glücklicherweise – seit einem halben Jahr wieder liiert war.

„Schwesterherz, was gibt's Neues", fragte ich sie.

„Stell dir vor, ich und Volker werden uns verloben. Ist das nicht herrlich?"

„Freut mich für euch. Ist das nicht etwas verfrüht? Ich meine, ihr kennt euch doch erst ein halbes Jahr?"

„Ich glaube, er ist der Richtige, sowas spürt man. Auch nach zehn Jahren Zusammengehörigkeit, kann eine Ehe schiefgehen. Und außerdem, eine Verlobung kann man ohne Probleme wieder auflösen, das geht im Vergleich zur Ehe, ruckzuck. Außerdem können wir ja auch noch ein Jahr verlobt bleiben. Wir haben keine Eile."

„Na, wenn du meinst."

„Und bei dir, Sara? Hast du jetzt endlich deinem sonderbaren Freund den Laufpass gegeben?"

„Bin kurz davor, ich packe nämlich gerade seine Sachen. Ich hoffe, dass er sie heute Abend mitnimmt, und dann auf Nimmerwiedersehen verschwindet. Wir haben uns in den letzten Monaten sowieso kaum noch gesehen."

„Schön zu hören, Sara, dass klingt wirklich gut. Hoffentlich ziehst du das jetzt endlich durch, reden tust du ja schon lange davon."

„Diesmal bleib ich knallhart. Ich hab schon genügend Zeit mit ihm verplempert. Nur Felix tut's vielleicht leid. Die beiden haben am meisten Zeit miteinander verbracht. Aber die letzten Monate, zieht auch er lieber mit seinen Kumpels in der Gegend rum."

„Er wird's verkraften, Sara. Und wenn sie wollen, können

sie ja unabhängig von dir, weiter was unternehmen."

„Du sagst es. Aber kommen wir zurück zu dir, beziehungsweise euch. Wann ist eure Verlobungsfeier geplant?"

„Nächsten Samstag."

„Wo und Wann?"

„Auf der Buronhütte. Die kennst du doch, bei Wertach?"

„Klar. Laufen wir rauf oder fahren wir hoch?"

„Bei trockenem Wetter, laufen, ansonsten mit Fahrgemeinschaften. Ich hab die Hütte ab siebzehn Uhr nur für uns gemietet."

„Wieviel Leute kommen denn?"

„Eingeladen haben wir bisher dreißig, kommen werden wahrscheinlich um die zwanzig. Das reicht. Innen ist die Hütte ja nicht sonderlich groß, und draußen wird's recht frisch, wenn jetzt die Sonne untergeht."

„Was gibt`s zum Essen?"

„Käsefondue und Bowle."

„Super."

„Also, kann ich dann sicher mit euch rechnen, Sara?"

„Selbstverständlich, meine Söhne werden sich auch freuen. Dann, bis nächsten Samstag."

„Bis dann, Schwesterlein."

Als ich auflegte, stellte ich die Taschen und den Beutel für

Harry, in die Nische beim Tureingang. Dann ging ich ins Wohnzimmer, setzte mich auf die Couch und legte das Tablet auf meine Oberschenkel. Ich drückte mit meinem Zeigefinger auf den Icon „Galerie". Ich stutze, mir war gar nicht bekannt, dass Harry so viele Bilder geschossen hatte, da sich Dutzende von Dateien auf einmal öffneten. Bestimmt hatte er die meisten der Bilder, mit seinem Iphone gemacht. Mit einer anderen Kamera, hatte ich ihn gar nie gesehen. Ich klickte mehrere Dateien durch, bis ich bei einer landete, wo es mir den Atem verschlug!

Ein kleines Kind war zuerst zu sehen, dann das Wort „Kinderficken". Ich hätte ihm einiges zugetraut, aber dass, was ich jetzt sah, überstieg mein ganzes Vorstellungsvermögen. Ein Sammelsurium von Abartigkeiten, Perversitäten und Dingen, die sich der normale Menschenverstand nicht mehr vorzustellen vermag. Mir tränten die Augen, als ich die Bilder betrachtete: Sex mit Kindern, Sex unter Kindern, Sex mit Gegenständen aller Art, Fäkalien als Lustmittel und Pornos mit Tieren. Sex mit Säuglingen, Gruppensex zwischen einer Frau und dreißig Männern, und einiges mehr, dass ich gar nicht mehr anschauen konnte, da mir die Augen tränten. Mein Magen drehte sich, und mir wurde plötzlich übel.

Wie von der Pistole geschossen, kam mein Frühstück hoch!

Mein Müsli und meine Vollkornbrote, ergossen sich in einem stinkenden Brei über meine Couch, bis mein Magen nur noch Gallensaft spie. Auch meine Jeans, bis auf Höhe der Oberschenkel, waren im Nu voller Kotze. Ich stand auf, wollte zum Telefon gehen, aber meine Beine zitterten wie nach einem Stromschlag. Ich stützte mich an der Wand ab, und torkelte wie ein Betrunkener mit zehn Maß Bier. Der einsetzende Schwindel, setzte alle meine Sinne außer Kontrolle. Es fühlte sich nicht an wie ein Rausch, sondern wie mit Drogen vollgepumpt auf einer Achterbahn fahrend. Ich hatte noch nie in meinem Leben einen Kreislaufkollaps, war das vielleicht einer?

Wie vom Blitz getroffen, kippte ich auf einmal um. Nicht einmal den Aufschlag auf den Boden verspürte ich noch.

Alles um mich herum war pechschwarz. Befand ich mich vielleicht in einem Albtraum?

Jetzt wusste ich auf jeden Fall, wie sich eine Besinnungslosigkeit anfühlt.

Einige Stunden später

Leere.

Stille.

Gedämpftes Gemurmel.

Ein Schlag.

Schütteln.

Verschwommener Blick.

Erst langsam kam ich wieder zu Bewusstsein. Mein Kopf dröhnte, und mein verschleierter Blick nahm die Umrisse eines Kopfes wahr. Harry! Er stierte mich an, als wäre ich eben von den Toten auferstanden.

„Wie geht`s dir?", fragte er und streichelte über mein Haar. Ich lag auf meiner Couch, breitbeinig mit T-Shirt und einer Jogginghose. Hatte ich das schon den ganzen Tag an?

„Was ist passiert?", flüsterte ich. Mein Kopf fühlte sich an, als wäre ich gegen die Wand geknallt.

„Du hattest einen Kreislaufzusammenbruch, Sara. Wahrscheinlich hast du heute zu wenig getrunken."

„Wie spät ist es?", fragte ich, und fasste an meine schmerzende Stirn.

„Neunzehn Uhr."

„Welcher Tag?"

„Sonntag."

„Mein Gott, ich kann mich an nichts mehr erinnern, Harry."

„Kein Grund zur Sorge, Sara. Das kommt häufiger vor bei solchen Zusammenbrüchen."

„Aber ich hatte noch nie Probleme mit dem Kreislauf."

„Das sagen die meisten, denen das zum ersten Mal passiert. Vermutlich hast du zu wenig getrunken bei dem heißen Wetter. Mir ist schon in den letzten Monaten aufgefallen, dass du außer Kaffee nur sehr wenig trinkst."

„Was hast du heute gemacht?"

„Ich war im Deutschen Museum in München, mit meiner Kindergruppe. Wir kamen vor einer Stunde zurück, da wollte ich noch sehen, was du so treibst."

„Und dann lag ich auf dem Boden?"

„So ist es. Ich sperrte auf und bekam gleich einen Riesenschreck, als ich dich so liegen sah. Gott sei Dank, hast du dich bei dem Sturz nicht massiver verletzt, sonst wärst du bei einer offenen Wunde bestimmt verblutet."

„Um Gottes willen! Dann ging es also um Leben und Tod?"

„Wenn du es so siehst, ja. Aber gut, dass du einen Schutzengel hattest."

„Verdammt, ich kann mich nicht erinnern, wie es passierte, als hätte ich ein Loch im Kopf."

„Das kommt wieder, Sara. Keine Sorge. Mir ist aufgefallen, dass du meine Sachen zusammengepackt hast. Willst du, dass ich aus deiner Wohnung verschwinde?" Er sah mich aus traurigen Augen an.

Ich richtete mich auf, und ein leichter Schwindel erfasste mich. „Sei mir nicht böse, Harry, aber es ist besser so. Wir führen ja keine richtige Beziehung, das ist ja bestenfalls wie Bruder und Schwester. Das hat doch keinen Sinn mehr."

„Verstehe. Hast du einen anderen Mann?"

„Ja", antwortete ich, obwohl es noch nichts richtig Festes war.

„Gut, kann ich mich wenigstens von den Jungs verabschieden?"

„Klar. Du kannst mit ihnen immer was unternehmen, so oft du willst. Du hast aber sicher bemerkt, dass sie mit zunehmendem Alter, lieber was mit ihren Freunden machen."

„Kann sein", erwiderte er betrübt. „Trinken wir noch was zusammen?"

„Ein andermal, mir geht's jetzt wirklich nicht so gut. Ich spüre noch Kopfschmerzen und mein Magen ist wie leergepumpt."

„Du hast gekotzt."

„Oh, Gott. Hast du es aufgeputzt?"

„Ja, deine Jeans hab ich notdürftig gereinigt und in die

Waschmaschine gesteckt."

„Danke."

„Kein Problem. Hast du noch mit meinem Tablet gesurft?"

„Tablet? Welches Tablet?"

„Mein Samsung-Tablet, es stand hier auf dem Couchtisch."

„Ich kann mich beim besten Willen nicht mehr erinnern. War es an?"

„Ja, aber womöglich stand es auf Standby."

„Ich weiß wirklich nichts mehr. Vielleicht wollte ich es aufräumen?" Mein Hirn war wie leergefegt. Ich konnte mich nicht mal mehr an die letzten Tage erinnern.

„Möglich", meinte er. „Vielleicht wolltest du es auch nur, in eine der Taschen verstauen."

„Bestimmt. Harry. Du nimmst mir das doch hoffentlich nicht übel? Ich meine, wenn wir uns jetzt trennen?"

„Nein, wie du schon sagtest, es ist bestimmt besser so. Ich muss dir ein Geständnis machen."

Ich zog die Stirn überrascht in Falten. „Welches?"

„Ich hab vor einigen Monaten, auch jemanden kennengelernt", sagte er emotionslos.

„Eine Frau?"

„Klar, was dachtest du denn? Sie heißt Petra."

Dass, was ich dachte, sagte ich ihm lieber nicht. „Freut mich für dich, äh... für euch", erwiderte ich stattdessen.

„Ja, danke, dass du nicht sauer bist. Okay, dann nehme ich jetzt meine Sachen und verschwinde."

„Ja, ich kann dir ja tragen helfen ins Auto?"

„Vergiss es, du bist noch nicht wieder fit. Schlaf dich erstmal aus, morgen ist wieder alles gut. Wo sind denn die Jungs?"

Ich zuckte mit den Schultern. „Keine Ahnung, ich werd sie aber gleich mal anrufen."

„Ich glaube, Felix ist auf einem Zeltlager, und der Große wollte doch zum Klettern. Erinnerst du dich nicht mehr, Sara?"

„Nein, verdammt! Es ist, als hätte ich einen Blackout."

Er grinste. „Leg dich hin, und schau in die Glotze. Morgen ist alles wieder gut, wirst sehen." Dann nahm er seine vollgestopften Taschen in die Hände und verschwand.

Als ich eine Stunde später duschte, bemerkte ich am rechten Oberarm einen dunkelblauen Fleck. Genau in der Mitte des Flecks, befand sich eine kleine Einstichstelle.

TEIL 12

Das Spiel ist aus

Augsburg, 14. Oktober 2014

Es klingelte. Schaller ging zur Tür und öffnete sie. Drei Männer standen vor seiner Wohnungstür, einer davon in Uniform

„Grüß Gott! Harry Schaller?", fragte einer der beiden Männer in Zivil. Er hob einen Ausweis hoch.

„Ja, was gibt`s?"

„Kommissar Zirngibl, und das ist mein Kollege Belge. Wir sind von der Kripo Augsburg. Der Herr in Uniform, ist der Kollege Koch, von der PI. Sie sind vorläufig festgenommen. Bitte folgen Sie uns bitte zum Dienstfahrzeug."

Die anderen beiden sagten nichts und sahen ihn nur an. Zirngibl griff in seine Jacke und hob einen Zettel vor seine Augen „Hier ist der Haftbefehl."

„Festgenommen? Was soll der Scheiß? Was habe ich verbrochen?", fragte Schaller mit weinerlicher Miene.

„Sie stehen in dringendem Tatverdacht, am 18. August dieses Jahres, den 5-Jährigen Tim Wimmer, entführt und dann missbraucht zu haben. Für weitere Übergriffe besteht ebenfalls dringender Tatverdacht."

„Ich glaube, Sie verwechseln mich, meine Herren. Ich bin Doktor Harry Schaller. Ich bin ein renommierter Kinderarzt, schon seit über zehn Jahren."

„Dr. Schaller – wenn Sie so wollen – , das können wir in aller Ruhe auf unserer Dienststelle besprechen. Nehmen Sie die notwendigsten Sachen mit, Sie haben maximal fünf Minuten Zeit. Ich und der Kollege Belge, warten im Wohnzimmer, der Kollege Koch hilft Ihnen beim Packen. Verstanden?"

„Okay, verstanden. Kommen Sie bitte schnell rein, bevor es hier noch jemand im Treppenhaus mitkriegt."

Alle drei folgten ihm in seine Zweizimmerwohnung. Der uniformierte Beamte, verfolgte jeden seiner Schritte. Schaller ging resigniert ins Schlafzimmer und packte eilig seine Tasche. Dann lief er noch ins Bad und warf seinen Waschbeutel dazu. Danach schritt er zu den beiden Kripobeamten, den anderen Polizisten immer neben sich.

„Ich bin soweit. Aber ich muss morgen arbeiten, kann ich noch meinen Arbeitgeber informieren?"

„Später, wir gehen jetzt. Von der Dienststelle aus, können Sie sowohl Ihren Arbeitgeber, als auch Ihren Anwalt konsultieren."

„Okay, aber das ist bestimmt ein Irrtum."

„Wir werden sehen. Folgen Sie uns, und leisten Sie keinen unnötigen Widerstand, oder denken gar an Flucht. Sonst hätte das Ganze noch unangenehmere Folgen für Sie. Verstanden, Herr Doktor Schaller?"

„Verstanden."

Fünfzehn Minuten später, befanden Sie sich im Büro der Kriminalpolizei Augsburg. Er wurde in den Verhörraum geleitet. Außer Belge und Zirngibl, kam noch Hauptkommissar Watzke dazu. Sie sahen ihn alle drei an, und setzten sich gegenüber von ihm.

Watzke begann: „Harry Schaller, geboren am 12. Februar 1975 in Augsburg. Gestehen Sie, sich am 18. August dieses Jahres, an dem fünfjährigen Tim Wimmer, in Hannover-Garbsen, vergangen zu haben? Oder gefällt Ihnen das Wort „missbraucht" vielleicht besser?"

Schaller knetete mit seinen Händen: „Unsinn, ich bin Kinderarzt und helfe den Kleinen. Ich weiß gar nicht, wie Sie überhaupt auf mich kommen?"

„Aufgrund einer Zeugenaussage in Augsburg und in Hannover. Auch diesen Personen, werden wir Sie in Kürze gegenüberstellen, keine Sorge. Des Weiteren, haben wir Ihr Handy geortet, genau zum Zeitpunkt der Tat in Hannover."

„Und diese sogenannten Zeugen, haben mich angeblich gesehen bei dieser Tat?"

„Ein Zeuge, als sie den Jungen ansprachen, und dann in Ihrem Auto mitnahmen. Die andere Person kennt Sie aus Ihrem privaten Umfeld. Nur so viel: Es ist eine Frau. Spätestens bei der Gerichtsverhandlung, erfahren Sie, Wer."

„Ich will jetzt meinen Anwalt anrufen. Diesen Unsinn muss

ich mir nicht länger anhören."

„Keine Sorge", erwiderte Kommissar Watzke, „in wenigen Minuten können Sie ausgiebig telefonieren. Wo sind Sie zurzeit tätig, Dr. Schaller?"

„An der Medizinischen Hochschule Hannover, seit fast acht Monaten."

„Und zuvor in Augsburg, im Klinikum?"

„Korrekt."

„Und Sie haben zurzeit zwei Wohnungen, eine in Hannover und eine in Augsburg?"

„Stimmt."

„Schön. Dann werden wir jetzt noch weiteres Beweismaterial sicherstellen."

„Welches denn?"

„Hier!" Belge nahm ein Stäbchen in die Hand, und führte es zum Mund von Schaller. „Speicheltest, Herr Doktor! Auf Ihre DNA, wartet sehnsüchtig unsere Datenbank. Schließlich gilt es noch mehr Fälle aufzuklären, aus den letzten fünfzehn Jahren. Mal sehen, wo Sie überall so gewildert haben", meinte er spöttisch. Er nahm einen Abstrich von seiner Zunge und legte das Stäbchen in einen Beutel. „Und zu guter Letzt, noch einen Abdruck Ihres Fingers. Schließlich haben wir auf mehreren Spielzeugen, Verpackungen und dem Fahrradlenker des letzten Opfers, Fingerabdrücke gesichert. Ich hoffe für Sie, dass Sie einen exzellenten Anwalt haben!"

TEIL 13

Erdrückende Beweislast

Kripo Augsburg, Mitte Oktober 2015

Der Mann, der den Beamten gegenübersaß, wirkte wie ein Häufchen Elend. Zusammengesunken, mit rot geränderten Augen und immer lichter werdenden Haaren. Die Kommissare Zirngibl und Belge, sahen ihn mit ernstem Blick an. Weitere Details waren in den letzten Monaten bekannt geworden. Ihr Kollege Watzke kündigte aus Hannover an, wieder bei der Hauptverhandlung zu erscheinen, und deutete telefonisch bereits weitere Beweismittel an.

„Herr Schaller", begann Edgar Belge. „Sie sitzen jetzt seit gut einem Jahr in Untersuchungshaft, und schweigen weiter wie ein Grab. Wir sagten Ihnen bereits mehrfach, dass Ihre DNA, mit der an einigen Opfern, absolut identisch ist. Da gibt es keine Zweifel. Unser geschätzter Kollege Watzke aus Hannover, gleicht zurzeit weitere Spuren ab. Momentan, werden Sie mindestens für sieben Taten verantwortlich gemacht, wahrscheinlich sind`s sogar deutlich mehr. Wollen Sie das alles bestreiten?"

Schaller stierte nur auf die Wandseite, zwischen den beiden Köpfen der Männer hindurch. Unruhig spielte er mit seinen Fingern. Er hatte in der Untersuchungshaft sieben Kilo abgenommen.

Belge klopfte mit seinem Kugelschreiber auf den Schreibtisch, wo er die fünf Zentimeter dicke „Akte Schaller" abgelegt hatte. Sein Blick verfinsterte sich. „Herr Schaller, Ihre dämliche Schweigerei bringt Ihnen nur Nachteile, das wissen Sie hoffentlich? Wir haben uns bereits ausführlich mit Ihrem Anwalt unterhalten, auch er rät Ihnen, auszusagen."

Schweigen. Sie ließen eine Minute verstreichen.

„Am 23. November beginnt die Gerichtsverhandlung. Ersparen Sie es den Kindern, erscheinen zu müssen. Wenn Sie nicht reden, wird der kleine Tim und weitere Kinder aussagen. Sie werden zum Gespött Ihrer Bekannten und ehemaliger Kollegen werden. Wir könnten den Kindern und Ihnen das ersparen, indem wir die Jungen nicht öffentlich befragen. Geht das in Ihr krankes Hirn?"

Schweiß trat auf die Stirn von Schaller.

Zirngibl machte weiter: „Den Ermittlungen zufolge, sprachen Sie den kleinen Tim an, und lockten Ihn in Ihr Auto. Danach entführten Sie ihn in Ihre Wohnung in Hannover, betäubten Ihn mit einem Schlafmittel, und missbrauchten ihn massiv. Etwa zwei Stunden später, haben Sie den verstörten Jungen ausgesetzt. Stimmt das?"

Eine Schweißperle lief über Schallers Stirn, weiter entlang der Nase, und blieb dann am Kinn stehen.

„Schaller", knurrte Belge, „wenn Sie nicht kooperieren, kriegen Sie die Höchststrafe! Ist Ihnen das bewusst? Wenn Sie unsere Ermittlungen unterstützen, wird sich das strafmildernd auswirken. Oder wollen Sie etwa, bis zum Rentenbeginn im Knast sitzen? Sie verbauen sich doch Ihr ganzes weiteres Leben."

Erstmalig zeigte Schaller eine kurze Reaktion. Er nickte leicht und zuckte nervös mit den Augenlidern.

Zirngibl spürte, dass er gleich soweit war. „Herr Schaller, wissen Sie, dass Kinderschänder in der Knast-Hierarchie ganz unten sind? Die werden von den anderen Gefangenen am liebsten traktiert, weil Pädophile für sie der übelste Abschaum sind. Wussten Sie das? Ihre Aussagen werden auch darüber entscheiden, in welche Einrichtung Sie gesteckt werden. In der Psychiatrie kommen Sie noch besser weg, da sind zwar mehr Irre, auf allemal noch angenehmer, als mit Totschlägern, Mördern und Schwerstkriminellen im Hochsicherheitstrakt in Straubing. Was glauben Sie, was dort ständig so passiert? Da müssen Sie zur Abwechslung, Herr Schaller, mit Übergriffen rechnen! Möchten Sie das? Jeden Tag aufwachen und Angst haben, geschlagen und vergewaltigt zu werden?"

Harry Schaller sah Kommissar Zirngibl ängstlich ins Gesicht. Aus seinem rechten Auge kullerte eine Träne, die er mit der linken Hand abwischte. Er hielt kurz inne, bevor er mühsam sprach: Ich rede!"

TEIL 14

Der Prozess

Landgericht Augsburg, Jugendkammer, 23.11.2015

Ich saß zum Prozessbeginn – ohne meine Söhne – in der dritten Reihe des Gerichtsaals, und hörte den Ausführungen der jungen Staatsanwältin zu. Es hatte mich unendlich viel Überwindung gekostet, dem Prozess hier beizuwohnen. Aber vielleicht konnte ich die nächsten Jahre ruhiger schlafen, und die Sache besser verarbeiten, wenn ich den Prozess verfolgte. Als ich meinen Sohn Felix, mit dem Missbrauch an ihm konfrontierte, brach für ihn eine Welt zusammen. Einige Jahre war Harry, wie eine Art Vaterersatz für ihn gewesen. Als uns die Kommissare befragten, erfuhren wir die schonungslose Wahrheit über den Mann, der mir immer schon etwas sonderbar vorkam, indem ich aber niemals einen Verbrecher und Pädophilen vermutet hätte. Jahrelang dieses Doppelleben geheim zu halten, ist trotzdem eine gewisse Kunst, wenn auch eine abscheuliche und tragische. Felix hätte dem Prozess beiwohnen können, verzichtete aber aus eigenem Willen darauf. Nachdem Harry seine Taten, auch an ihm, eingeräumt hatte, versuchte er, nicht mehr an diese Vorkommnisse zu denken, was ihm aber wohl niemals mehr im Leben möglich sein wird. Welcher normale Mensch, kann solche Dinge jemals wieder vergessen und verdrängen? Einen Psychologen lehnte Felix trotzdem ab, den die Polizei ihm anbot. Er meinte trotzig, den würde Harry Schaller viel dringender benötigen. Auch von einer weiteren „Lebensgefährtin" von Harry – mit Namen Petra Berster – erfuhr ich erst im Laufe des Prozesses. Dort war ähnliches vorgefallen wie bei uns. Diese Frau lernte ich kennen, als sie als Zeugin befragt wurde. Ihr Sohn war ebenfalls missbraucht worden und nicht im Gerichtssaal. Wir tauschten uns später noch bei einer Tasse Kaffee aus.

Auf die Ausführungen der Staatsanwältin und der Verteidiger – Harry hatte zwei Anwälte – möchte ich hier nicht mehr ausführlich eingehen, schließlich war ich auch nur an vier von siebzehn angesetzten Verhandlungstagen anwesend. Das reichte, um das Wichtigste zu erfahren. Das Wichtigste nur für mich, obwohl ich natürlich auch all die anderen Kinder und ihre Angehörigen die Opfer wurden, zutiefst bedauerte.

Auch die Staatsanwältin mit ihren dicken Aktenbergen, die sie immer fein säuberlich auf dem Tisch liegen hatte, werde ich nie mehr vergessen. An die durchdringenden Blicke, mit der sie Harry immer wieder konfrontierte, bis dieser nicht mehr länger standhalten konnte. Als sie ihn als äußerst gefährlichen Serien-Sexualtäter bezeichnete, wäre er wohl am liebsten im Boden versunken. Vielleicht wurde ihm aber auch bis heute, noch gar nicht bewusst, was er bei diesen kleinen Buben alles angerichtet hatte. Einer der Gutachter meinte, Harry müsse sofort therapiert werden, in einer geschlossenen Einrichtung. Seine Rückfallgefahr sei außerordentlich hoch, schlussfolgerte er. Aber wer kann denn schon in das Gehirn eines solches Mannes eindringen? Ist Pädophilie überhaupt heilbar? Ist „es" überhaupt schon genügend erforscht worden?

Die Staatsanwältin hielt Harry auf jeden Fall, für voll schuld- und steuerungsfähig, und widersprach in einigen Teilen, den Aussagen des Gutachters. „Er habe über viele Jahre hinweg, erhebliche kriminelle Energie gezeigt", meinte sie. „Und", fuhr sie fort, „seinen Beruf als Arzt massiv missbraucht, nur um seinen Sexualtrieb zu befriedigen."

Der Haupt-Gutachter erklärte, auf Nachfragen des Richters, dass die Rückfallgefahr für schwere Sexualstraftaten, deutlich über fünfzig Prozent liegen würde. Demzufolge müsse auch über eine spätere Sicherungsverwahrung nachgedacht werden. Dem schloss sich die Staatsanwältin an. „Die missbrauchten Buben", erklärte sie, „leiden bis heute und wahrscheinlich ihr ganzes Leben lang, an den Folgen der Taten. Sie hätten Albträume, Ängste und Schlafstörungen, und ließen sich nicht mehr duschen oder von Kinderärzten untersuchen."

Eine weiteres, trauriges Detail waren die Aufnahmen, die auf Harrys Computer gefunden wurden. Anscheinend bekam ich von ihm – obwohl er es nie zugab – damals, nach seiner Rückkehr aus München, eine Spritze verpasst, die mein Erinnerungsvermögen an diese ekelhaften Bilder eliminierte. Erst bei Prozessbeginn, kam langsam wieder ein Teil meiner Erinnerungen an diese Geschehnisse zurück. Nicht nur auf seinem Tablet waren diese Aufnahmen gespeichert, sondern es wurden auch unzählige weitere Festplatten und USB-Sticks von den Ermittlern gefunden, alle verschlüsselt. Doch den Experten einer von der Staatsanwaltschaft beauftragten Firma gelang es, die Verschlüsselung zu knacken. Sie stießen auf eine riesige Menge an Kinderpornographie. Der Bericht der Firma zählte genau 57333 Fotos und Videos auf. Einige Dateien waren nach dem letzten Opfer benannt. Die Computer-Experten fanden weitere Dateien mit Kindernamen, alle nach Datum und Orte sortiert. Bessere Beweismittel gab es nicht mehr. Auch von Felix, hatte Harry Aufnahmen gemacht, wie mir später erklärt wurde. Es gab Fotos, die zeigten, wie sich Harry damals an meinem Sohn verging. Die Bilder verrieten sogar die Tatzeit – in den Dateien waren Uhrzeit und Datum der Erstellung mit abgespeichert. Ich hoffe, Felix kann diese Aufnahmen verarbeiten, weil die Ermittler sie ihm vor einigen Monaten zeigten, als er die Missbrauchsvorwürfe absolut nicht glauben wollte!

Harrys Verteidiger – es waren zwei - versuchten natürlich, all diese furchtbaren Taten zu verharmlosen, indem sie erläuterten, dass ihr Mandant voll therapiefähig sein, und außerdem ein volles Geständnis abgelegt hätte, sowie den Ermittlern bei der Aufklärung der Taten, „immer" zur Verfügung stand. Sie hielten deshalb ein Urteil, das nahe an der Höchststrafe lag, für vollkommen unangemessen. Sie forderten einen Schmerzensgeld-Ausgleich für die Opfer und die Unterbringung in einer Psychiatrie. Ich beschloss an diesem Tag nur noch zur Urteilsverkündung zu kommen.

TEIL 15

Das Urteil

Landgericht Augsburg, 10. März 2016

Ich saß zur Urteilsverkündung in der ersten Reihe. Zuvor hatten nochmals Verteidiger und Staatsanwältin das Wort, um ihre Sicht der Dinge darzulegen. Zwei Stunden später, kam der vorsitzende Richter zu Wort.

„Hiermit verkünde ich, im Namen des Volkes, folgendes Urteil im „Fall Harry Schaller":

„Der Angeklagte ist im Sinne der Anklage schuldig. Ihm wurden einundzwanzig Missbrauchsfälle an Minderjährigen, zwischen vier- und elf Jahren nachgewiesen. Die Taten ereigneten sich alle im Zeitraum zwischen 1998 und 2014. In mehreren Fällen konnten Fingerabdrücke und DNA – Spuren bei den Opfern gesichert werden, die zweifelsohne von dem Angeklagten stammen. Der Angeklagte ist voll geständig und bekennt sich zu seiner Schuld. Es ergeht daher folgendes Urteil;

„Der Angeklagte, Harry Schaller, erhält eine Freiheitsstrafe von dreizehneinhalb Jahren, sowie nach der Haft, eine anschließende Sicherungsverwahrung. Dazu ein lebenslanges Berufsverbot als Arzt. Das Urteil ist ab sofort rechtskräftig."

Ist das Urteil gerecht oder ungerecht? Ich weiß es nicht.

Für die Opfer oder die Angehörigen solcher Straftaten, sind solche Urteile fast immer zu gering. Aber wie will man die Schwere einer Schuld messen? In diesem Fall, ging das Urteil nah an die Forderung der Staatsanwaltschaft heran, die vierzehneinhalb Jahre gefordert hatte. Die Staatsanwältin war deshalb bestimmt zufrieden. Harry nahm das Urteil emotionslos zur Kenntniss. Seine Verteidiger kündigten spontan eine Berufung des Urteils an.

Der Richter wendete sich letztmalig an den Angeklagten, und fragte ihn, ob er noch was sagen möchte, das letzte Wort gehöre ihm.

Es waren die letzten Worte, die auch ich von ihm zu hören bekam, denn ich werde sicherlich keine mehr mit ihm wechseln.

Im Saal herrschte atemlose Stille, wie auf einer Beerdigung, wenn der Pfarrer über den Toten spricht.

Harry stand auf, fast verlegen, faltete seine Hände, sah den Richter an und begann stockend zu sprechen:

„Ich weiß, dass meine Taten mit Entschuldigungen nicht mehr gutzumachen sind. Ich bin aber bereit, mich mit meiner krankhaften Liebe zu Kindern auseinanderzusetzen. Ich werde eine Therapie beginnen. Ich bitte Gott, und allen, denen ich Böses zugefügt habe, sowie ihren Angehörigen, mir zu Verzeihen."

Er stockte und rang nach weiteren Worten, dann hatte er sich wieder gefasst und setzte fort: „Ich möchte auch noch ein Verspechen abgeben, hier und heute."

Erneut war es mucksmäuschenstill im Raum.

„Ich verspreche, dass ich nicht mehr auf diesen Weg gelangen werde", sagte er mit glasigen Augen.

Ich werde versuchen – wie das Gericht – ihm zu glauben. Keiner wird wissen, ob er es jemals einhalten kann, vermutlich nicht mal er selbst.

Dann stand ich auf und ging.

Daheim warteten meine Söhne und mein neuer Freund.

E N D E

Nachwort der Autorin

Trotz der Realitätsnähe zur wahren Geschichte, möchte ich ausdrücklich betonen, dass bis auf den „Vornamen" des Verurteilten, alle Namen geändert wurden. Einige der Protagonisten sind frei erfunden, sowie auch manche Schauplätze. Das gilt auch für manche Kapitel. Die Autorin „Sara Palmer" ist – und war – nicht in den Fall involviert, sondern hat aufgrund der interessanteren Erzählstruktur, die „fiktive Freundin" als Protagonistin „gespielt"! Es gab jedoch im Leben von Harry S., mindestens zwei Partnerinnen, die mit ihm mehrere Jahre zusammen waren. Auch wurde ihm nachgewiesen – dass mindestens einer der Söhne seiner Partnerinnen – missbraucht wurde. Dies hat der Täter auch im Prozess gestanden, zumal er die Tat auch selbst gefilmt hat. Die Anzahl der Foto – und Videoaufnahmen, sind tatsächlich so hoch, wie in der Geschichte beschrieben. Im Prozess wurde das auch mehrfach erwähnt.

Das Kapitel mit der Kindheitsgeschichte und den Obdachlosen, hat es so wie beschrieben, nie gegeben.

Sara Palmer, Oktober 2016

Danksagung

An alle, die mich dazu ermutigt haben, diese bestimmt nicht einfache Geschichte zu erzählen. Die Namen einiger Orte und Personen wurden geändert, um ihre Anonymität zu wahren. Manche Personen und einige Kapitel sind frei erfunden, gaben aber der Story den nötigen „Esprit" um sie runder zu erzählen.

Weitere Bücher der Autorin

„**Kein Entkommen**" (erscheint im Dezember 2016)

Für 2017 ist ein weiterer Kriminalroman geplant.